泰戈尔诗歌精选

季羡林题

慎思之
明辨之
篤行之
博學之
審問之

沉思中的泰戈尔

泰戈尔和他的妻子穆里纳丽妮

泰戈尔与徐悲鸿合影 (1940年)

泰戈尔与谭云山一家

泰戈尔与外孙女

泰戈尔参加抗议杀害政治犯的群众集会（加尔各答）

泰戈尔与密友洛肯德拉纳特·巴利特

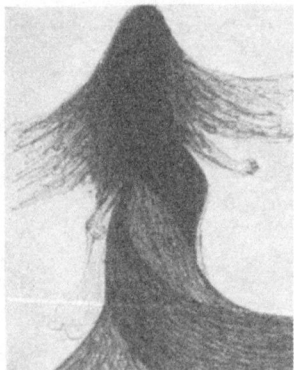

泰戈尔的画作

遇到 你

今生无缘

假如 我

/ 爱情诗

泰戈尔诗歌精选

阅读公社
Reading Commune

泰戈尔 著

董友忱 编

外语教学与研究出版社

北京

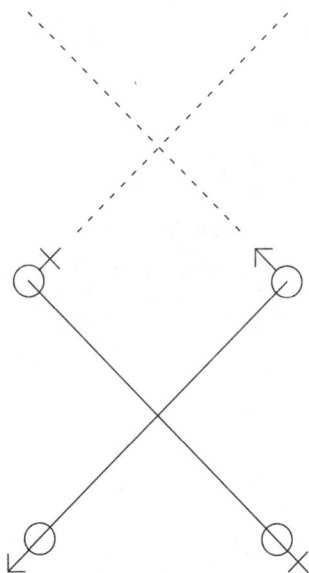

图书在版编目（CIP）数据

假如我今生无缘遇到你：爱情诗 ／（印）泰戈尔著；董友忱编. — 北京：外语教学与研究出版社，2015.4（2015.11 重印）
（泰戈尔诗歌精选）
ISBN 978-7-5135-5972-0

I. ①假… II. ①泰… ②董… III. ①爱情诗-诗集-印度-现代 IV. ①I351.25

中国版本图书馆CIP数据核字（2015）第091494号

出版人	蔡剑峰
责任编辑	徐晓丹　向凤菲
装帧设计	覃一彪
出版发行	外语教学与研究出版社
社　　址	北京市西三环北路19号（100089）
网　　址	http://www.fltrp.com
印　　刷	三河市北燕印装有限公司
开　　本	889×1194　1/32
印　　张	7
版　　次	2015年5月第1版 2015年11月第2次印刷
书　　号	ISBN 978-7-5135-5972-0
定　　价	26.90元

购书咨询：（010）88819929　电子邮箱：club@fltrp.com
外研书店：http://www.fltrpstore.com
凡印刷、装订质量问题，请联系我社印制部
联系电话：（010）61207896　电子邮箱：zhijian@fltrp.com
凡侵权、盗版书籍线索，请联系我社法律事务部
举报电话：（010）88817519　电子邮箱：banquan@fltrp.com
法律顾问：立方律师事务所　刘旭东律师
　　　　　中咨律师事务所　殷　斌律师
物料号：259720001

目　录

序

郁龙余

　　全世界的诗歌爱好者都对泰戈尔心存感激。他以72年的诗龄，创作了50多部诗集，为我们奉献了如此丰富的佳作，真是独步古今。

　　善良、正直是诗人永恒的本质。睿智、深邃和奔放是诗人不死的魂魄。泰戈尔赢得了一代又一代中国人的尊敬和喜爱。在教育部推荐的中学生课外阅读书目和大学中文专业的阅读参考书目中，均有泰戈尔诗集。

　　泰戈尔作品在中国的广泛传播，得益于冰心、徐志摩、郑振铎等人。他们搭起语言的桥梁，将泰戈尔迎到了中国。然而，泰戈尔绝大多数作品是用孟加拉语写的，从英语转译犹如多了一道咀嚼喂哺。这次由董友忱教授编选的"泰戈尔诗歌精选"丛书的最大优点是，除了冰心译的《吉檀迦利》（由泰戈尔本人译成英语）、《园丁集》和郑振铎译的《飞鸟集》外，全部译自孟加拉语原文。这样，就保证了文本的可信度。

　　泰戈尔七十多年的创作生涯，给我们留下了大量优美的诗篇。"泰戈尔诗歌精选"丛书从哲理、爱情、自然、生命、神秘、儿童 6 个方面切入，囊括了泰戈尔诗歌创作的主要题材。也就是说，"泰戈尔诗歌精选"丛书各集的选题是正确的。接着就是选诗的问题了，到底能否做到精选？泰戈尔和其他诗人一样，创作有高潮，也有低潮；有得意之作，也有平平之作。如何将泰戈尔的得意之作选出来，优中选优，这就需要胆识与才气了。这套丛书的选编者董友忱教授，完全具备了这种胆识与才气。作为一位著名的孟加拉语专家，《泰戈尔全集》的主要译者之一，董友忱教授既对泰戈尔作品有着极好的宏观把握，又对其诗作有着具体而深刻的体悟，同时还具有精益求精的完美主义精神，这是我建议董友忱教授编选这套丛书的全部理由。经过两年的努力，"泰戈尔诗歌精选"丛书终于编选完毕，这是董教授交出的漂亮答卷。

　　我相信，"泰戈尔诗歌精选"丛书一定会得到中国读者的喜爱。

我爱得忘乎所以

我爱得忘乎所以，
高歌敞开心扉。
像大地一样忠诚，
像天空一样爱人。
我把自己甩掉，
我把自己忘了。
心灵只要
我情人的爱情。

被惊醒的梦

今天　　你独自坐在这里，望着苍穹，
　　　　你在企盼什么，心灵？
　　　时光在流逝——你在哪里？
　　　　你沉浸在何种梦境？
　　　你在春风中把双眼合闭，
　　　　轻轻地呼吸，
　　　鲜花的淡淡清香仿佛
　　　　浸入了身体。
你仿佛　　就是悠远快活林中的女隐士，
　　　在幸福梦境中笑得甜蜜的少女，
　　　又像不甚熟悉的情人的温柔触摸
　　　　飘飘悠悠地袭来，
轻轻地　　轻轻地抚摩着我的肢体。
　　　即使处在健忘愚钝和黑暗里，
　　　　仿佛还能把它回忆起，
　　　一旦勾起对苦乐的淡淡回忆，
　　　　就会兴奋得浑身战栗。

　　　我仿佛漫游在悠远的丛林里，
　　　　在辽阔的蓝天下，

伴着萨尔久河的潺潺流水，

　　我仿佛漫不经心地哼着小曲。

　　密林某处的悠扬笛声

传到我的耳朵里，

就好像是森林的心灵

　　在表达自己心中的希冀。

我心里激动得无法理解

　　是何人在吟唱什么歌曲，

我在畅饮无名花朵的芬芳曲调

　　酿造出的玉液。

仿佛在某处的树阴里

　　坐着一位美丽的少女，

她半个身子盖着花絮，

半裸露的身体裹着树皮衣，

她躺在树下哼着悲喜之歌，

　　同时又把花环编织。

在树阴的光亮处，在泉水旁，

在一个隐蔽的山洞中央，

仿佛有人坐在附近的什么地方，

　　我马上就会看到她们，

我要坐在她们的脚下

　　弹起七弦琴为她们歌唱。

她们低垂着双眼静静地听着，

　　眼角边挂着微笑，

羞赧的表情显露在

　　她们的双颊和嘴角。

我头上戴着花环

　　将漫步在树林间。

头发飘扬，风舞衣衫，

忧伤的心儿无目的地飞向那边，

我手拿竹笛，面带笑意，

　　漫不经心地转来转去。

青春的花朵盛开在心里，

春天在我的周围欢笑嬉戏，

我漫步在布满落英的草地，

　　内心充满青春的甜蜜。

我周围的春藤、茉莉

　　都陶醉在芳香里。

难道谁都不想看我？

也不想来我身边唱歌？

难道无人怀着渴望的心情

　　瞧着我并将心灵的希冀诉说？

月色溶溶，南风习习，

她用双臂拥抱我在花园里，

羞赧的温柔，甜蜜的微笑

　　难道不能表达对我的爱意？

她那优美的双足难道就不会
　　踏入我这青春的花园里?
我那心灵的藤蔓难道
　　就不能将她的双足维系?
用我心灵之花编织的花环难道
　　就无人戴在胸前?
我就这样默默地坐在树下,
　　自己心里浮想联翩。

秋千

白日的时光熠熠闪闪，
树影在水中不停地抖颤，
金色的阳光在戏耍。
两个人正在荡秋千，
看到此景，太阳的慧眼也会迷乱。

树影在四周留下簇簇昏暗，
一束束藤蔓把纱丽遮掩。
花瓣　　轻轻地飘落，
　　　　落在身上，落在脚边。
和风习习，不时地抚弄着叶片。
　　　　四处不见人影，
　　　　哪里都没有回声，
只有一条小河在林影间流动。
　　　　风弄藤蔓发出簌簌的响声。
　　　　两人坐在秋千上起落，
不晓得　　时光流向何方。
　　　　　请看，那位水灵灵的少女
　　　　　怀有什么样的希冀，
　　　　竟把脸偎依在他的怀里，
　　　　月貌似的脸上焕发着爱意。

她的手腕上戴着两只手镯，
　　耳朵上的耳坠荡来荡去，
她那张挂着微笑的脸，
　　宛如傍晚盛开的茉莉。
彼此的手臂搂着对方的脖颈，
　　两人紧紧地抱在一起，
　　披肩的秀发在飘荡，
　　胸前的花环在摇曳。
　　天色已经昏黑，
　　鸟儿已经入睡，
金色余晖已从天边消退。
　　彩云不知飘向何方，
两人仍然坐在秋千上。
　　脸对着脸，
　　胸贴着胸，
手臂搂得紧紧的，
呼吸舒缓而平静。
　　大树背后的
　　　这两个人犹如明星，
不时地仰望着苍穹。
　　不论心儿飞向何处，
　　都在追赶其他星辰，
最后消失在天际中。
　　他们好像离开了大地
　　两个人变成了星星。

离别

当她起身辞别的时候，
新月已经降落在山背后。
夜深沉，四周寂静无声，
天上的星星眨着眼睛，
　　　　大地悄悄地沉入梦境。

她用一双手紧紧握住另一双手，
　　凝望着对方的脸，
在花园里的一棵巴库尔树下，
　　她没吐一语一言。
朱唇上浮现出一丝悲楚，
　　泪水中闪耀着淡淡的月华，
临走的时候她只说了两句话，
　　就沿着林间小路走啦。

在浓密的枝叶间，黑鸟已收拢羽翼，
　　　　月光笼罩着它的躯体，
一簇簇树影倒垂下来，铺展纱丽，
　　　　仿佛沉浸在梦境里。
深夜里没有一丝风，在午夜的湖水中

也不见浑黑的林影抖动，

睡意仿佛蒙着盖头，坐在灌木丛，

就像是一种魔幻降落在林中。

他默默地靠在巴库尔树干上，

而美丽的姑娘独自站在一旁。

在蓬乱的头发中间她那张脸显得很忧伤，

月光洒落在她的脸上，

她过去凝望过那条路，现在仍然注视着那里，

甚至不眨动一下眼皮。

是何人悄悄地慢慢地离去，

走的时候他说了什么话语？

是何人与远处的菩提树阴融为一体？

原来是一位美女伫立在月色里。

在无边的宇宙间她的希望已经丧失，

今天在这个深沉的午夜里，

天空一片漆黑，

她那张俊美的脸上挂着忧伤，

伫立在残垣的一块基石上。

在西天，

明月已经落山。

小小的彩云

展开了雪白的翅膀，

带着婵娟之吻飘向远方。

在即将消逝的月光中，

那位美女面带忧郁，

　　　在昏暗的树影中伫立。

幸福的回忆

她静静地仰望着天空，
　　纱丽的一端滑落在月色中，
有多少光华仿佛
　　都洒向她的面孔。
月光洒落在她的脸上，
　　仿佛已经融化，
　　又仿佛沉睡在她的眼睛里。
倒卧在柔软舒适的纱丽上，
　　亲吻该多么幸福惬意。
一只莲藕似的玉手扶着他的头，
　　而另一只手放在他的胸口，
和风习习吹来，身体
　　在极度的快感中颤抖。
攀缘匍匐的藤蔓
　　被风吹落在她的脚边，
朵朵鲜花不停地摇曳，
　　惊奇地望着她的脸。
在很远处有人吹响了舒缓的竹笛，
　　心灵在极度幸福中淡漠世事，
令人陶醉的笑容

在朱唇上漾来荡去。
仿佛有谁将她吻过，
　适才刚刚离去，
花环上系着亲吻，
　朱唇上挂着笑意，
月光之吻为他们的吻
　增添了关切和亲密。
微笑围绕着这种亲吻
　彻夜兴奋不已。
有谁仿佛就坐在她那里，
并且贴近她的耳边
　说着甜蜜的话语。
在心灵之花的牢房里，
那些企盼想飞出去，
　但又不晓得出路在哪里。
这种话语仿佛已融入
　远处竹笛吹奏出的歌曲中，
犹如连续不断的梦幻
　萦绕在周围的田地。
口中衔着这种情话，
翻过来掉过去地嬉戏，
自己听着自己的话语，
　整个内心羞喜交集。
何人的容颜浮现在她的心田？

何人的微笑萦绕在她的眼前？

她迷失在何处，

　　回忆的甜蜜花林？

她仰望着蓝天，

　　月华笼罩着她的脸，

　　周围的歌声都已中断，

　　　宛如蜜蜂陷入幻境。

回忆景象

　　今天我不想再做什么，
想着前面哼着歌曲的人们，
　　我坐在这里又一次思索。
过了许多天，现在仿佛还是那个中午，
　　那天的风儿还在吹拂，
啊，童年的幻想，
过去生命的影子，
　　如今你是否还在这里？
现在你是否还不时地想起来喊他？
　　他是否还在，他能否回答？
现存的一切曾经有过，
可我却不是原来的我，
　　你又来我身边做什么？
你为什么怀着旧的眷恋，
立在心灵的空室
　　默默地把我凝视？
有什么话请讲吧，
你眼泪汪汪心里委屈，
　　冷漠的心在哭泣。
曾经属于自己的似乎已不属于自己，

看来变成了别人的——

他现在还好吗？

你走过去问问他，

　　　你为什么站在这里发抖？

来吧，来吧，女士，童年的回忆，

　　　来吧，重游你的家园故地，

你从前的那颗心守在他的门旁，

　　　为什么今天披着女乞丐之衣？

你慢慢地向前走着，

可又一次次想回去，

　　　在犹豫中脚步不愿抬起，

你怀着忐忑不安的心情把我注视，

　　　一言不发，面色忧郁。

身上仿佛没有力气，

眼里滚动着泪滴，

　　　头发蓬乱，穿着一身脏衣，

你怕人议论，不敢走近他身边，

　　　只用激动不安的眼睛望着他。

还是那扇门，还是那个房间，

多少次玩耍，

　　　一次又一次在心里浮现，

你停止玩耍走了，

走的时候一句话不说，

　　　由于委屈两眼不悦。

不论你在哪里放置何物，
都会落满尘土。

　　请看吧，一切都是如此，
那泪水，那歌曲，
那微笑，那委屈，
　　统统都滚落在尘土里。
不过还是请你再来一次，
重新坐在这里，
　　即坐在沾满尘土的过去，
那座空荡荡的房屋已经多日无人居住，
　　这里再也没有人吹奏竹笛。
如果现在你喜欢，
你为什么不来这里，
　　为什么不和我坐在一起？
来吧，让我们俩人怀着激动的心情对视，
　　黄昏时节光明即将消逝。
晚霞已经消退，黑夜已经开始，
　　周围的一切将会立即变得昏黑，
在黑暗的夜幕中，在死海之岸，
　　谁也看不见谁。
仰望长空，不见明月，不见星星，
　　甚至听不到一点儿风声，
只有漫漫的黑夜。
我们俩相会在黑暗中，

将会听到彼此的叹息声。

我再一次向四周环顾，

何处还有何物，

　　我们曾经在何处玩耍？

时光流逝，白昼阑珊，

我拾起这些干枯花环，

　　将它们挂在你的颈上。

来吧，到这里来吧，

我把头依偎在你的怀里，

　　请用秀发把我的脸遮蔽，

一滴滴眼泪缓缓地滴落，

　　我不时地发出一声声叹息。

请你用昔日的温柔抚摩我的身体，

　　我要把头埋进你的怀里，

不论你是否讲话，都要让眼神沉入眼底，

　　请用你的目光将我注视。

在中午

我坐在那里，仿佛在蓝天上挥毫作画，

　　饱蘸阳光尽情泼洒，

大半个人生仿佛已被我遗忘，

　　不晓得我把前半生扔到何处。

我心不在焉地走来走去，

　　一次又一次进入酣睡的阴影里。

我要去何处现在在何地——全然不知，

　　我深深地陷入甜蜜的魔幻里。

心灵的沉睡之琴今天在甘甜的和风中

　　仿佛已经奏响了乐曲，

爱情今天为什么像失去伴侣的孤鸟

　　独自鸣唱不止？

谁晓得她思念哪一个人啊！

　　"来吧，来吧！"心儿仿佛这样高声呼喊，

她渴望在附近得到伙伴并把一切都献给他，

　　想把头偎依在他的怀里。

两个人走到宁静的树下叉开双腿，

　　沉湎在甜蜜的幻想中，

他们随心所欲地吟唱，仰望着远处的天空，

　　　双双都沉醉在爱情里。

那片森林犹如遥远的海市蜃楼，

　　　那里边的生命冷漠无情，

在僻静的巴库尔树下伴着枝叶的簌簌声，

　　　竹笛已经吹响，仿佛在呼唤谁的姓名。

仿佛此人就在江海彼岸的某处，

　　　就在遥远的森林后面，

他就坐在藤蔓枝叶遮掩下的僻静的溪畔，

　　　坐在昏暗的绿阴中间。

我从森林里走向林外的空地，

　　　自己心里渴望吹响竹笛，

我要沿着花团锦簇的河岸信步走去，

　　　有谁知道我在把何人寻觅。

我要突然会见她，刹那间两颗心

　　　完全融合在一起。

我们两人在这海市蜃楼般的国度里

　　　披上新婚礼服去漫游那阴凉的王国领地。

她滞留在我身边，她的眼里浮现梦幻，

　　　她的脸上绽开笑颜，

谁晓得她的胸脯上是否盖着纱丽，

　　　蓬松的秀发是否垂落肩后？

话语的一半含在口中，另一半藏在眼睛里。

微笑中珍藏着一半情意，

我们两人向前走去，脚下是落英碎玉，

可是谁知道我们要去哪里？

一对相爱的情侣

一对相爱的情侣静卧在花园里，
脸对着脸，足贴着足，一起共眠。
坐在他们的心灵旁边，我萌生一个心愿：
我幻想让离别永远离开人间。
沉睡的眼角边闪现着泪花，
离别时的悲歌传入心田。
他们会忽然醒来，会惊恐、战栗，
以双倍的眷恋把对方紧紧搂在胸前。
这两个年轻的恋人互相搂抱着沉睡。
我们一走进他们的心田就会发现，
宛如鲜花般的心灵有时恐惧摇曳，
在阳光下有时激动地露出笑颜。

竹笛

喂，你听，谁在吹奏竹笛！
林花的芬芳与笛声的旋律融为一体，
竹笛一旦触及嘴唇，微笑即被盗去。
情人的微笑伴着甜蜜的歌声
向心灵的深处飘移。
喂，你听，谁在吹奏竹笛！

灌木丛中的蜜蜂伴着笛声嗡嗡鸣啼，
巴库尔树听到笛声也激动地绽现花姿，
朱木拿河的潺潺水声传入耳中，
犹如心灵在哭泣，
天上的明月向何人微笑凝视？
喂，你听，是谁在吹奏竹笛！

别离

黑夜我要编织多少美梦，

　　　　啊，羞赧的眼睛！

白天我要精心采集多少

　　　　鲜花于莽莽丛林。

多少个月夜毫无收益，

　　　　春天即将过去。

不论太阳升起多少次，

　　　　清晨希冀之梦总是消逝。

不管这青春能保持多久，

　　　　临终时我都会哭泣。

如果能触摸那双玉足，

　　　　我心甘情愿地死去。

今天渴望走何人之路，

　　　　渴望与谁见面？

仿佛离去之人又要回来，

　　　　所以我坐在这里。

于是我把编好的花环戴在颈上，

　　　　再披上一件蓝色布衣。

于是我就在无人的房里点燃灯盏，

　　　　独自清醒地呆在房间。

多少个夜晚月亮微笑着升上中天，

黎明时却流着眼泪走下山峦。

哎呀，树林中的鲜花在温馨的和风中

开得多么娇媚鲜艳！

不断地传来他的笛声，

唯独不见他的踪影。

心中的席位已经虚空，

唯有渴望在悲戚哀恸。

风儿徒劳地擦身而过，

朱木拿河涌起洪波。

为何布谷鸟"布谷"、"布谷"地鸣叫不歇，

叫声震撼着降临的黑夜。

如果夜终时分他微笑着走来，

我是否还会面带笑意？

何时人们见过我在清醒时

如此消瘦而悲戚！

清晨我将彻夜编织的花环

抛到脚下的泥地，

哎呀，朱木拿河的流水凉爽清丽，

看到这流水我真想死去。

哭泣

哦，爱情的渴望，心灵的希冀，
　　　　怎么能忘记！
在那洒满月华的夜晚不曾有过笑语，
　　　　不曾吹奏过竹笛！
女友啊，这里微风抚弄着花丛，
　　　　那里没有和风习习！
他呀，喋喋不休地向我诉说心事，
　　　　可我的心事不曾向他提起。
女友啊，今天他如果把我忘记，
　　　　当初他为何令我着迷？
唉，漫漫人生会使我恸哭不止，
　　　　这大概就是他的心意。
我们在花床上度过幸福之夜，
　　　　两双眼睛痴痴地对视，
可是，谁晓得今后伴我一生的
　　　　将是他的离别。
即使你生活在幸福中而把我忘却，
　　　　也应该再来见见我，
来吧，这眼中的渴望，心灵的企盼
　　　　全在足下寄托。

既然我肩负着罗陀离别痛苦的负荷，

　　　　你说说我还有多少心事藏遮。

如果有可能请你再抛洒

　　　　一滴眼泪给我。

不，不，女友，如果他把这种恩爱忘却，

　　　　谁也不会再为他涉足爱河。

而我就不再讲话，在苦涩的生活中

　　　　把一切痛苦都埋在心窝。

女友啊，虚幻，虚幻，这爱情也是虚幻，

　　　　心灵的希冀也是虚幻。

唉，幸福的日子既然已经过去，

　　　　就让它一去不再复返吧。

丰乳

1

在青春的春风的徐徐吹拂下，
少女心底纯正、甜柔的爱欲
在胸前开出两朵娇嫩的鲜花，
琼浆似的幽香令人心荡神迷。
柔情的澄清的细浪昼夜不停
拍击轻烟迷蒙的心湖的沙滩。
听见竹笛的召唤，含羞的芳心
欲冲出躯体，寻找外界的爱恋，
乍遇阳光，猛地收住了脚步——
满面绯红地往衣襟后面躲藏。
生育的爱情之歌一天天成熟，
应和着心律庄重热烈的奏响。
看，那是处子的神圣的殿阁，
看，那是母亲特有的莲花宝座。

2

这儿有圣洁的苏梅鲁山脉——
神仙游乐的辉煌福地。
贞女高耸的乳房以仙境的光彩

耀亮了黎民百姓的碌碌凡世。
这儿清晨升起稚嫩的太阳，
日暮垂落的夕阳精疲力尽。
在两座浑圆净化的山峰上，
夜里仙人睁着放光的双目。
温情的永恒之泉涌流甘露，
自古滋润世界干裂的嘴唇。
人世无限而无奈的依怙，
徘徊于大地欢乐的梦境。
凡世有令人神往的天堂，
幼神爱吻芸芸众生的故乡。

胴体

脱去，脱掉缠绕身体的纱丽！
只剩下赤裸裸的人体的美丽大衣，
只披太阳女神的金灿灿的霓裳，
丰满的胴体，宛如绽放的白莲，
片片花瓣闪烁着青春的魅力。
在这奇妙的世界你亭亭玉立，
溶溶月光将你的身体沐浴，
习习南风尽情与你嬉戏。
你犹如缀满繁星的裸露的天宇，
沉浸在广袤无际的蔚蓝里。
每当无形体的爱神瞧见你裸露的胴体，
他就会羞愧垂首，舒袖掩饰自己。
让纯洁的霞光洒满大千世界，
照耀你无羞而圣洁的裸露的胴体。

玉臂

藤蔓似的玉臂想把何人搂抱？

又对谁哭着说："别走，你不要走噢！"

强烈的爱欲如何表露？

谁听见过玉臂无声的恳求？

到哪里寻得会心的言辞，

用喜悦的字母在身上写就？

抚摩传递着两颗心的渴望，

心扉上镌刻着美丽的幻想。

青春的花环从胸前坠落，

玉手拾起，又给戴上。

双手捧出精美的心杯，

坦诚地呈献在情人的脚边。

愿贴心的拥抱长驻臂间，

请不要打破情人玉臂的缠绵。

吻

唇的声萦回着唇的絮语，
两颗年轻的心互相轻轻抚摩——
恋人的爱情离家踏上征途，
在热吻中携手向圣地跋涉，
爱的旋律激荡起两朵浪花，
溅落在那四片缠绵的唇下。
强烈的爱恋是那样急切地
想在身躯的边缘久别重逢。
爱情以华丽的言辞谱写恋歌——
唇上层层叠起战栗的吻痕。
从双唇摘下一束爱的花朵，
编成花环后归去何必匆忙！
四片柔唇长久甜蜜的交合，
是情侣笑容的辉煌的洞房。

假如我今生无缘遇到你

结合

我的身体为你的身体哭泣。
灵魂的幽会渴求肉体的缱绻。
藏在心里的身体受不了心的压力，
眩晕着往你的身上倾倒下去。
我的双眼奔向你的双眼，
双唇欲在你唇间一命归西。
身体盼望一睹你的风姿，
今日饥渴的心儿泪流满面。
潜伏于身体之海的心儿
常在沙滩上垂泪，年复一年。
此刻真想罄空身体的海水，
沉入你身体那神秘的碧潭。
朝朝暮暮，我的身，我的心，
与你奇妙的身体浑然交融。

芳躯

你的芳躯令我心旌摇荡。
我的心魂在你芳躯内徜徉。
如同露湿的摇曳的花瓣，
青春层层散发芬芳的柔情。
一群饥渴的蜜蜂黑夜、白天
在周遭飞舞，嗡嗡嘤嘤。
多情的和风轻推花的秋千，
面孔映照着圆月迷人的笑容。
你风韵的柔体逸散着温馨，
哦，清静雅致的闺房在哪儿？
充溢甜情蜜意的幽秘的芳心
曾在软榻上无声地叹息。
哦，十五岁姑娘的芳躯像春天
乍开的奇葩，容我搂在怀里。

疲倦

哦，情人，做爱快乐而疲倦，
周身绷紧的经脉已经松弛。
我与馥郁的花粉融为一体，
花榻上是令人难忍的柔软。
我恍惚坠入一张甜梦的罗网。
我仿佛是黄昏时分在迢遥的西山上，
梦幻浸润的缓缓下落的夕阳，
远处的村落在暮霭中消隐。
我仿佛掉进一片惬意的海洋，
脚触不到泥土，呼吸停止——
看不见陆地，心儿幽幽哭泣。
这是芳菲之墙，而不是砖墙——
始终想不出将它推倒的方法，
只得任无边的昏睡将我压住。

囚徒

松开，松开绳索似的粗臂，
不要拼命灌饮热吻的美酒！
花的牢房里空气已经窒息——
快给我受缚的心以自由！
哪儿是红霞？哪儿是蓝天？
让漫长的满月之夜立刻结束。
你乱硬的头发刺痛我的脸，
在你身上我看不到拯救。
我全身被你挖了无数口陷阱，
工具是狂野的揉摸、拥抱。
昏沉沉我仰首呆望着夜空——
只见月亮对我嘿嘿地嘲笑。
该赠的是自由，而不是锁链——
在你足前，我只把自由之心奉献。

为什么

为什么情笛吹出特殊的乐曲，
使心灵的幽泣变得那么甜蜜？
瞥见鲜红的嘴角上的一丝微笑，
成熟的青春为什么激动不已？
为什么树干祈望柔臂的缠绕？
片刻工夫如果那么疲倦，
吐露心迹如果那么害臊，
魂儿为什么飞向她那双黑眼？
遇有困难为什么把她呼唤？
一切若是虚影，心灵为什么痛哭？
今日到手的，明日便会舍弃——
为什么急不可耐，谁使了法术？
待人之心总是如此冷淡，
这若是游戏，为什么动人心弦？

梦幻

这数日的梦想，这幻灭的痴呆，
无论如何也无法将它们阻拦。
生硬地扯断手臂的缠绵，
妩媚的秀眼里再也荡不起爱之波澜。
幽暗的子夜，彼此已不相识，
花事已歇，鸟儿已停止歌唱。
何处是那含着笑意、渴望亲吻、
一朵怒放的红玫瑰似的朱唇？
何处是芙蓉般亭亭玉立的腰身，
因激动而微颤，罕有的娇嫩？
什么时候你记起感情的狂涛？
记起永生难抑的青春的饥渴？
记起充满朝气的死亡的烈火？
记起时你会哭，会黯然地苦笑？

心座

青藤似的两条柔臂羞涩地
护卫着日渐丰隆的乳房，
乳峰之间的幽深的心底
警谨地积蓄着什么奇珍？
静谧之处的松软的心座上、
充盈温柔的双乳的凉阴里、
初萌爱情的灿烂的霞光中，
羞闭的眼睑下可容我小憩？
那儿绽开了芬芳的憧憬，
子夜驰骋着孤清的梦幻。
春日黄昏可闻迷惘的叹息，
月夜里两滴眼泪挂在腮边。
在你新置的温馨的梦榻上，
可容我片刻舒坦地卧躺？

圆满的结合

哦，情人，我日夜为结合而啜泣，
这样的结合犹如因饥饿而死。
来吧，捆绑我，将我劫持——
抢走我的羞臊、我穿的衣裳，
盗窃我婀娜、光润的身体，
攫夺眼中的睡眠、睡眠里的梦。
在清醒的茫茫人世，夺取
无穷岁月中我的死、我的生。
空渺的宇宙中，阳光熄灭，
两颗毫无羞涩的赤裸的心
在大地焚尸场上坦荡地结合，
你我在烈焰中融为永恒的美。
这是个难圆的梦，唉，天帝！
没有你，结合是镜中的花朵。

离别的快乐

我是个丧失希望的出家人，
神不守舍，住在偏远的净修林。
　　周围的光影无忧地嬉戏，
风中的枝梢不住地晃动。
　　时有枯叶叹息着垂地，
时有花儿睁开明丽的眼睛。

半明半暗中，一次次
涌入莫名的快乐和忧郁。
　　眼里浮漾几多幻影，几多缱绻，
呼唤我的疾风匆匆离去。
　　乔装打扮的思念潜入心间，
不停地表演杂乱的游戏。

泥塌上斜卧着孤单的影子，
睡眠和回忆一起走进眼里。
　　一对白鸽在枝头欢唱，
白昼不知不觉在空中消逝。
　　杜鹃啼叫引来村里的姑娘，

浓厚的凉意在树林深处凝聚。

我独自吟唱，怅望着天幕，
天幕上记载着我的苦楚？
　　日日夜夜，我把她怀想，
蓝天的彼岸可容我一睹她的芳容？
　　小溪淙淙流向哪个海洋？
我的歌声可与你一起远行？

她的芳名驾凄风传入我的耳鼓，
与她做伴的云团将村寨遮覆。
　　绿叶飒飒，多么快乐！
她轻盈的步履，仔细点数。
　　花儿的娇艳得益于她的摩挲，
月亮渴望畅饮她梦中酿造的甘露。

我胸中涨满了哀怨，
鲜花凋零，我热泪涟涟。
　　一阵阵哀鸣的飓风
仿佛要摘取我的心肝。
　　为什么别人的眼睛总
使忧伤的我想起她那双杏眼？

她抱着孩子，心情欢畅，
整个天空像她亲切的面庞。

　　发现鸟儿折断翅翼，
她唉声叹气，我也无比忧伤。

　　伤心的女人抹去伤心的泪水，
饱含她善良的幸福感涌入我的心田。

白天谱写一首首歌曲，
对她倾诉我心中的忧思。

　　以各种声调絮语的树林
仿佛在吟咏她写的新诗。

　　前后左右，清溪、枝叶、葛藤
仿佛在讲诉她过去的故事。

以葳蕤的新绿在心殿上
专注地描绘她真切的形象——

　　有时凝视她凄楚的面孔，
有时笑容浮上含泪的眼眶。

　　有时蓬头散发，衣衫不整，
通宵握着她的手不放。

离别的快乐为什么荡然无存?

莫非在欢聚的烈火中烧成了灰烬？

　　哪有女神，瞧，一片空虚！
焚尸场上游荡着孤魂。

　　没有倩影，没有仁慈——
心儿颤抖于无边的混沌。

　　　　　　　　　1887 年

怀疑时的激动

我不晓得你是否正在热恋，
　　所以我才留在你身边。
我睁开那双能洞察一切的慧眼
　　凝视你那张脸。
整个昼夜不知满足、不知疲倦，
　　也不晓得睡眠，
我在痛饮所听到的一切笑声、
　　话语、歌之甘泉。

我有时走动，有时叹息，
　　有时把拳头攥得紧紧的。
有时话语尖刻，有时亲切和气，
　　有时还会垂下泪滴。
我要举起一束鲜花，
　　我还要把它撕碎抛置在地。
有时我在自己心里
　　与自己怄气。

如果我知道你的爱是永恒之爱，
　　那么我的信心就会萌发出来，

不论你叫我前往何处，我都会心甘情愿，
　　　决不会叹息徘徊。
我这颗激动的心连同世界万物
　　　顷刻间就会平静下来，
飘摇不定的生命也就会
　　　有所依赖。

渴望的烈焰将会消逝在遥远之地，
　　　傲慢委屈也会消失，
心灵之神将会降临，我要用鲜花
　　　在神灵的脚下祭祀。
我不会日夜不停地流泪叹息，
　　　不会痛苦悲戚，
不会怀着永恒的饥渴
　　　坐在你的面前望着你。

你那爱情的阴影越过我，
　　　会在世界散布，
你那甜蜜的目光将会永恒地
　　　注视着生活之路。
恐惧羞愧将会远逝，我有上百种才华，
　　　一定会完成自己的任务——
只要得到你的爱，我的爱就会增强，
　　　我会把一切全部献出。

你不要凶狠地大打出手，

　　我含着热泪即将出走。

你的手臂把我的目光挽留，

　　你用爱恋让我回首。

你为什么要用这怀疑之索将我捆绑？

　　时光正在悄然流走。

爱情不是欺骗，生命不是游戏，

　　人生的使命总会有价值。

　　　　　　　　　　1887 年

离别时的平静

好的，你走吧。
可是你为什么还要用虚伪怜悯的
　　目光瞧着我的脸呀？
眼睛里噙着泪水，这纯系幻术在捣鬼，
　　不晓得我为什么流眼泪。
星光暗淡，黑夜寂静，
　　带来离别赠言，即为缱绻之情。
夜将尽，天将明，这泪水不会模糊眼睛，
　　激动的心啊也会平静——
在觉醒的人世间我要忙于自己的事情，
　　无暇在此大放悲声。

我发现爱之纽带早已松解，
　　只是由于怜悯的桎梏才没撕破。
齐唱的音调已不和谐，
近在咫尺犹如远在天边，
　　你没离去只是由于懒惰。
理解你心情的唯有我，可我永远不会
　　离开你而远走他乡异国。
我竭力要留在这里，就是想眼睁睁地

看着爱情很快死去。

你主动前来和我告别分手——

　　这很好，你应该离去。

既然爱情带来如此多的惶恐和痛苦，

　　你就应该摆脱这种爱情的束缚。

我留在此地，你前往彼岸，

　　许多的忘却就横在中间。

你该彻底把我忘掉，这样最好，

　　扭曲爱情可不妙。

谁说不会忘掉，死亡之门洞开着，

　　一切都会结束。

森林大火会熄灭，海水会枯竭，

　　风暴的战斗也会停歇。

永存的只有伟大的宁静、死亡的暗淡景色，

　　而生活的溪流却涓涓不绝。

受到碾压的即使有上百种痛苦与欢乐，

　　时代的车轮也会滚滚向前，留下它的车辙。

不论谁走到何处，都会从事自己的劳作，

　　并且置身于千万种生灵的行列，

多少人走了，多少人还在生活，

多少事被遗忘，多少事还记得，

　　离去时怀着忧伤或欢乐。

你我将去远方他国，

而地球照转不会停止，

　　　太阳月亮永远醒着，

有痛苦有幸福有羞涩，

有千万种工作，

　　　今生今世不会毫无成果。

为什么虚度时光？

　　　请你撕碎梦幻之网，

　　　请唤醒内心的痛苦忧伤。

这是新的躲避之地，

看看是否会得到呢？

　　　这很好，你走你的。

　　　　　　　　1887 年

期待

湿漉漉的东风迅猛地扫动，
太阳升腾之路隐没在昏黑的云层。
恒河在远处，不见船影，唯有黄沙飞舞，
我坐在这里深思：今天她在何处？

枯叶飞落在无人的路上，
树林中的嘈杂声来自远方。
晨鸟沉寂，窝巢在颤动，
心里总是惦记：今天她在何处？

多少时候她在身边，我却无话可说，
时光就这样一天一天流逝。
有过多少玩笑、嬉戏和唇舌相击，
这中间也夹杂着贴心的话语。

我在想，假如今天我在她身旁，
我就把心里话对她讲。
话语中可能会夹杂着彤云之影，
声音里可能会响着湿漉漉的风。

远处的风暴渐渐平息，
河岸上的树林与阴云融为一体。
散落的秀发遮住她的脸，
眼睛里的泪水不再外溢。

生死攸关的忠告是极深刻的，
心中的焦虑就像林中的枝叶在战栗，
美好伟大的心灵要经历今生来世，
崇高的理想、宏伟的赞歌是不朽的。

巨大的忧伤阴影，深沉的别离相思，
埋藏在心里的期望是骚动不安的，
有多少无法描写而又难以启齿的话语，
宛如乌云笼罩着无人的大地。

如同宇宙在白天结束之时，
带着它的星辰出现在黑夜的府第，
在我那失去欢笑嬉戏的心里，
她看到一个广阔无边的天地。

下面只有笑声、喧哗、嬉戏，
上面却是清新宁静的天宇。
阳光下你看到了瞬间的游戏，

黑暗中我却感到无限的孤寂。

她看到我如此渺小就毅然离去，
轻视别离说明她多么幼稚。
我没有告诉她幻想的真理王国在哪里，
也没有让她坐在这僻静的心灵暗室。

两颗心如果都在这静谧的无人之地，
彻夜都在这伟大高尚的境界里，
没有方向的天空就会失去欢声笑语，
满含爱恋的四只眼睛就像四颗亮星闪烁不息。

不知疲倦，不知满足，路上也没有险阻，
生命遍布于宇宙世界的各处。
两根心灵之琴弦同奏一支乐曲，
歌声向着无限的宝座方向漂浮。

心灵的财富

我走近她，握住手，将她拉入怀里，
我想用她的俊美俏丽愉快地
把我的全身统统涂抹一次，
用我的双手把她滞留在眼底。
我吻着她就会获得她唇上的笑意，
用我的眼睛把她的目光摄取，
我要用她那温柔的抚摩
日日夜夜遮盖我的身体。
没有，没有，一无所有，只有去寻觅，
我要向天空把蔚蓝索取。
走到近前，娇艳不知逃往何地，
只有躯体近在咫尺——心已感到倦意，
早晨我面色憔悴回到家里，
何时才能把心灵的财富获取？

1887 年

妻子的哀怨

算了，停止徒劳的争执！

你不明白我为什么落泪？

争论下去你才颖悟？我频擦双目——

这泪水里不含责备。

我匍匐在你脚下所祈望的，

是你漫不经心的瞥视？

是你的抚慰、笑脸？是你短暂的相伴？

是你潇洒的甩发、含笑的离去？

假如春意阑珊之时

显出苦笑，心绪忧烦，

挖空心思地寻找分手的理由，

春夜为何是满眼迷恋？

我仿佛是金色的笼中

你饲养多日的小鸟儿。

如果缺乏真情，陪笑的爱抚与侮辱无异——

难道这还要阐明？

我至今清楚地记得

你我初恋的那一天——

纯净的秋日，淡淡的白云挂在天际，

风儿凉爽，阳光温暖。

悄悄绽开的素馨花

引林中繁花争奇斗艳，

听丰满的小河汩汩地唱歌。

对岸树梢缭绕着多情的紫岚。

你怔怔地看着我，

魂儿在眼里抖颤，

陶醉的眼神里交织着欢悦、愁郁，

你看不见，我一目了然。

你是否依然记得——

尽管姑娘们个个漂亮，

唯有我的妩媚像绳索牵着你，

一直牵到我的身旁。

短暂的离别中

产生急切的相见之情，

你常常扔下活计，睁大眼睛环视，
　　眼里似乎听见我的心声。

　　没有见面的时机，
　　你借故前来探听，
进门蹑手蹑脚，神情万分焦躁，
　　放心地走时一脸笑容。

　　你如今目中无人，
　　我的话一句听不见。
我时时盼望你把我搂在怀里。
　　你却把我甩在一边。

　　黄昏我点了油灯，
　　守着长长的寒影——
你不管是走近我，还是在远处呆坐，
　　魂儿都不在你心中。

　　每天有许多事情，
　　而我却心神不定，
昔日我有广阔的天地——如今我独居
　　心田幽寂的冷宫。

　　当年你奉献你的心，

我才把身心交给你——

你的心已经衰败，你给我的宠爱

　　　掺杂难以置信的懊丧的迟疑。

　　　你在生命的春天

　　　所钟情的那个少女，

唉，时乖命蹇　，如今对她表示可怜——

　　　只需要稍软的话语。

　　　缺少真心的抚摩

　　　与神圣毫不相关。

你在想什么，亲爱的？你笑得很甜蜜，

　　　不爱，也能陪笑脸？

　　　在我面前你泄露了心机，

　　　　（我做梦也不曾想到）

你给我几分情义？你的谈笑有何价值？

　　　你胸中的真爱究竟有多少？

　　　我以你昔日爱的砝码

　　　称出你目前爱的重量——

弄清你亲近、疏远所具有的内涵，

　　　看懂了你异样的目光。

难到你还不理解

我为什么心碎落泪？

争辩方能颖悟？我频擦双目——

这泪水里并无责备。

1887 年

丈夫的申辩

记得青春年少的时候，
有一天偶然与你邂逅。
沿着人生之路刚刚迈出几步，
眼睛便就擒于你的眼眸。

那时两张稚气的脸
辉映着鲜红的朝霞——
那时谁了解谁？谁了解自己？
谁晓得人世多么复杂？

谁懂得疲累、欢娱、愁思？
谁懂得失望中发酵的悲切？
谁知道青春之梦是不是幻影，
是不是镜花水月？

看上去顺眼的
便认为很完美。
情欲并不等于爱情，这个道理尚未弄懂——
谁缠我，我就缠谁。

洞房里的快乐仿佛是
自然之妻的永恒笑颜——
繁花的不朽生命，鸟儿不倦的歌声，
虚妄的甜蜜在人间泛滥。

听着情歌，闻着花香，
豆蔻年华与朝晖一般。
我以为心头涌溢着取之不竭的甘汁，
生活中的情爱享受不完。

满怀亢奋的希望，
我抬头把你端详。
手执琼浆的金盏，头戴阳光的冠冕，
在你眼里我跟天神一样。

星光闪耀的苍穹下，
是青翠的大地和蔚蓝的海洋。
你置身其间，那秀额，那杏眼，
那娴静的朱唇刻在我心上。

宇宙的玄奥似无边的镜湖
轻漾着深沉的涟漪。
你是乍开的芙蓉，高雅、纯净——
在湖畔我陶醉于馥郁的香气。

犹如圆月之夜，

　　一只展翅的鹧鸪

为探索奥秘向高空飞去，

　　行将撕碎包着美梦的月色的帷幕。

我心里充满惶惑，

　　一次次地走近你，

欲以我的全心采撷透散着清芬、

　　神秘莫测的你的丽姿。

啊，那心与心的紧贴，

　　啊，那水乳交融的爱欲，

啊，那手与手的摩触，那羞答答的盼顾，

　　两颗心那初次无声的絮语——

陌生的一切那么新奇——

　　两腿麻木、战栗——

好像四顾无路，茫然不知走向何处，

　　不知何处有欢笑、悲泣。

胸怀不易满足的欲望，

　　闯入爱情的巍峨仙阁，

捡拾见到的一切，将顾虑统统忘却——

　　拿不准该留下些什么。

四周鲜花竞相开放，
身上荡散欢惬的疲乏——
摇动着湖水，摇落了花蕊，
心里痛快，尘土也赞夸。

黄昏终于来临，
慵怠充斥心窝。
晚风徐徐吹拂，叹息异常凄楚，
一排排林木哆哆嗦嗦。

这竟是一场骗局！
除此能作什么解释？
信心十足地前来采集珍奇，
到手的许多复又丧失！

坐在如意树下，
心里好不伤悲——
你看那周围尽是断木泥块，
玩具似的神像已轰然塌毁。

拼命挣扎着站起，
为何感到精疲力竭？
想笑笑不出声，吹笛吹不出音，
不敢向你投掷羞惭的一瞥。

你恢复常态，坦然地走来，
　为何不在痴想中久久憩歇？
幽深奇妙的芳林倏忽间杳无踪影。
　唉，跳入情海，情海为何干涸？

　心田乃美梦之国——
　遥望梦国的奇景：
日出，日落，干渴，饥饿，
　奢望压迫的灵魂之鸟在哀鸣。

　我之需要你，
　如你之需要我——
手触到你的衣裳，我便如愿以偿。
　你来了只在我门口久坐。

　步入娇颜的宝库，
　谁听见爱恋哭嚷？
啊，乞求，如乞丐坐在莲花座上？
　其他事情容我慢慢思量。

　别无他物可以奉献，
　我的心已对你袒露，
而且终于明白，茫茫人世无人能代替你，
　缺少你，尘世不值得眷顾。

　　皎洁、轻柔的月光下，

　　温煦、醉人的春风里，

你那征服三界的富于无穷奥妙的

　　喜悦的容貌又浮现脑际。

　　像往常一样含笑走近你，

　　依然有青春的活力、风貌。

可你为何眼泪汪汪？心狠好似砒霜？

　　像被天狗啃噬的脸显出愤恼？

　　不要，千万不要

　　再指望以心对女神顶礼！

来吧，来吧，你我永居苦乐皆有的房舍，

　　膜拜男神的花卉也无需准备。

　　　　　　　　　　　　　　1887 年

心灵幽会

我觉得她仿佛还坐在这里，
透过窗子我瞧见了她那眼神的忧郁，
谁晓得何人的话语在她面颊和耳畔
变成了悲戚的气流和叹息。

温柔的心灵离开她的躯体，
仿佛来到遥远的幽会之地，
面前那片无边的土地是冷酷的，
她独自一人伫立在那里。

或许此时她已经来到这里，
她迈着轻盈的脚步走进这扇窗子，
心灵和肉体将困惑不安的我
束缚在无形的梦的怀抱里。

她的爱情、她的手臂是温柔的，
她那急切的鹧鸪般的声音中有离愁希冀。
这春风送来鲜花的芬芳，
这春风也令离人啜泣。

1888 年

等待书信

信在哪里？白昼已过，我把书本抛弃，
　　　我不想再阅读那些无用的东西。
为解除心灵的苦闷有人不停地
　　　把虚构的章节臆造编织。
一排排阴影潜伏在花园的边缘，
　　　暗淡的阳光笼罩着河岸沙堤。
风起波涌，系在岸边的小船
　　　在恒河中不停地动荡摇曳。

信在哪里？来到此处，独自在远邦索居，
　　　我在黄昏晚霞中能读什么呢？
谁说在落日的余晖中凭借魔力
　　　那张脸就会令人的眼睛垂下泪滴？
在树林中蟋蟀的鸣叫融会在深沉的轰鸣中，
　　　是谁将回忆的语声注入这种声音里？
在河岸的树阴下轻柔的晚风习习吹拂，
　　　是谁用温柔的纤手在抚摩我的身体？

鸟儿从远处飞回树梢上的窝巢，
　　　船儿都驶回河岸，人们都回来了。

66

她那亲切的声音穿越广阔的田野，

　　可她为何不悄悄回到我的怀抱？

黄昏时对爱恋的回忆萦绕在心里，

　　在她的口中蕴含着充满深情的话语。

白日里所有的负担都已摆脱，

　　长夜瞬息间在梦的欢娱中消逝。

多少时日已过去，一切都留在记忆里，

　　她说过多少话语，表达过多少爱意。

许多话语我没听到，心里也没有留下痕迹，

　　所听到的话语刹那间全被我忘记。

今天她说的每句话都写进书信中，

　　听了之后心情激动泪水外溢。

她为此而感到十分痛苦和焦虑，

　　三言两语道出了人生的主旨。

"你身体好吗？""我很好啊！"

　　不说这两句话，仿佛白天也会无光啊，

仿佛是恋情呼唤亲人前来探望，

　　这两句话仿佛从天涯传到身旁。

有过多少次相聚，一切交往牵挂都已过去，

　　中间隔着多少关山河溪——

只有回忆带来爱恋，两双手紧紧握在一起，

　　用字母编织的花环将两人维系。

信在哪里？夜幕降临，方向漫漶在黑暗里，
　　整个白天的渴望亦留在心底，
在昏黑的河岸上我来回踱步，
　　在生命中悄然潜入的是大自然的静谧。
两眼渐渐湿润，两行泪水把双颊沾湿，
　　在晚风的吹拂下泪水已经干逝——
眼泪已经流尽，在宁静的黑夜寒气中
　　我感到前额有些凉丝丝。

天上无数颗星星既无忧患也无倦意，
　　望着这一切景象心里感到惊奇——
不论她来还是不来，每天黄昏阅读
　　这无限的书信，在这自由的天宇。
无限带来信息并在黑暗中说道：
　　“不管那人在或不在，谁都不会感到孤寂，
我从有限的彼岸向大家呼唤，
　　我书写闪光的书信于每天夜里。”

　　　　　　　　　　　1888 年

秘藏的爱情

不表露爱情假如是条法规，
　　我心里为何被赐予爱情？
膜拜爱情，心儿多么急切，
　　果真膜拜，该奉献什么祭品？

爱藏在心底，无人看见，
　　日日把鲜花献给神祇。
伫立在心扉外我凝神窥探，
　　什么力量将自身献祭？

我所爱的出众的丽人，
　　但愿能懂得爱情。
她赠送的妩媚的微笑，
　　流溢着醉人的温馨。

她娇嫩、白净的额头
　　熠闪着羞怯的爱的光辉，
百瓣莲花般的水灵灵的眼睛
　　噙着晶莹的泪水。

怕被察觉总是躲闪，
　　　情欲令人万般羞赧。
锁闭心门，爱情的牢房
　　　建造在寂寞的心间。

哦，灰暗、丑陋的躯壳
　　　如果剥落、枯萎，
我心房里神明珍藏的
　　　甜情蜜意无可比拟。

心儿愈是充满秘爱，
　　　愈是明亮，愈是耀眼——
好似旭日东升，辉映乌云，
　　　黎明格外绚丽甘甜。

我无法显示我的风采，
　　　人人瞧见我平庸的身躯——
爱情想悄悄地更新形态，
　　　在心灵的枯井里。

你看，玉树的爱情在暗处
　　　盛开鲜花，硕果累累，
繁星之心，闪闪放光，
　　　书写情书以一片片清辉。

人间爱的眼睛搜寻着爱，
　　她的风姿令人着迷。
我因无从倾吐心声，
　　疼痛的心哀哀哭泣。

我明白，我的心里
　　冬眠的爱恋已经复苏——
我澎湃着的激情
　　正奔向喷发之处。

我不是美男子，但在心里，
　　爱情有副动人的容颜。
那梦榻上保存的珍品
　　驱散生活的黑暗。

我受得了自己的羞辱，
　　但爱情的羞辱难忍。
较之离弃天国进入心里的，
　　它更加神圣。

防备它碰见污秽，
　　与污秽合流沉沦，
心房深处的角落里，

狠心地将它囚禁。
不让它从眼光中溜出，
　　舌尖咬紧不吐一语，
眼帘低垂，不理会秋波撩拨，
　　欲望一再怃然泯逝。

它走近，我逃遁，
　　暗自揉碎萌发的爱念。
唯恐它发问："你是谁？"
　　手掌紧紧捂住脸面。

神交中它大概已知道
　　我往日的轶闻趣事，
也许纳罕疑惑：他懂得爱情？
　　我从未对他凝睇。

不表露爱情假如是法规，
　　我心里为何被赐予爱情？
膜拜爱情，心儿多么急切，
　　果真膜拜，该献上什么祭品？

1888 年

雨天

烈日沉入浓密的暝暗，
霹雳轰穿黢黑的云团，
天降滂沱大雨，伸手不见五指，
此时最宜倾吐思恋。

四下里杳无人迹，
无人来窃听情语。
你我许久相望，一样的黯然神伤。
无休止的暴雨
仿佛已把人影刷洗。

社会、家庭、市井的喧呼
霎时间化为虚无，
只剩下两双眼睛吸吮彼此的柔情，
只剩下息息相通的灵府，
其余的统统融入雨幕。

爱的表白不损伤耳朵，
心中不存在丝毫惶惑。
欲吐的真情与泪水相融，

滴落在狂风骤雨里。

两颗心缠绕着情丝。

卸下久压心头的重荷，

对谁会有什么恶果！

斯拉万月的雨天，假若在深宅花园，

早已将恋情诉说，

对此谁能横加指责！

尽管此后十二个月

非议、讥嘲不会停歇，

甚至遇到无理阻挠，再添几分烦恼，

但飞短流长终将自灭，

转眼又过十二个月。

夜风一阵紧似一阵，

电光不时耀亮乌云，

炽热、执著的爱情，多年深藏心中。

天黑雨急的时分，

才捧出纯洁的爱心。

吉尔基

1889 年

回忆

有一天她曾经坐过这艘船，
她的声音就像民歌一样优美婉转。
她那被浓密睫毛点缀的眼睛，
犹如带水的雨云饱含着怜悯深情。
她那颗温柔的心灵沉浸在幸福里，
她的笑声洋溢着朴实和顽皮。
我坐在她身边倾听她那甜蜜的话语，
有多少她的故事，又有多少困惑呢！
早晨她犹如晨鸟一样醒来，
她满心欢喜，笑逐颜开。
她那种爱恋的执著宛如泉水，
她用各种戏耍把我环绕包围。
我含着热泪在默默思忖，
今天她在无限宇宙中的何处安身。

1896 年

第一次接吻

四面八方低垂着的眼皮仿佛已凝滞，
所有鸟类的鸣唱已经停息。
风儿沉寂，潺潺水声嘎然而止，
树林内的窃窃私语
在森林中慢慢地消失。
河水平静，岸边无人，
黄昏暮色悄悄地降临于
天边的地平线和无言的大地。
此刻的窗口寂静无声，
我们俩开始了第一次接吻。
此时在天边的殿宇神庙
已经吹响了迎神的螺号。
无限的星空仿佛在战栗，
我们的眼里滚动着泪滴。

1896 年

最后的吻

悠远的天堂仿佛奏响了派罗比歌调。

晨曦中那可怜的明月现出了憔悴的容貌。

星星显得悒郁寡欢，东方这位新妇的脸上

挂着露珠，显得苍白，凄楚忧伤。

最后一盏灯火慢慢地熄灭，

夜间酣睡时所挂的帷幔已经垂落。

带着愁苦的红色霞光透进纱窗，

简直就像清晨对睡眠进行无情抨击一样。

此刻我们就立在屋门内，

匆忙地进行最后的告别之吻。

刹那间从四面八方传来了人生路上

那低沉的劳作的音响。

哗啦啦，通向世界之城的大门已经打开，

我向远方走去，把眼泪擦干。

1896 年

情人

啊，情人；啊，美女；啊，女琴师，
今天占据我心灵莲花宝座的唯有你，
你向下泼洒天堂的玉液甘霖。
头顶上刚被雨水洗过的清澈的苍穹
伸出清凉的手臂祝福你成功。
前面长满庄稼的田野碧浪滚滚，
我的眼睛上抹上了甘露似的亲吻。
激动的风儿把我拥抱，
丰满的河川内心激荡，掀起欢快的波涛。
中午的彩云在地平线的前额上面
编织着梦幻的花环，你今天
令相貌堂堂的我对你迷恋，
使我忘掉人世间无数的事情，
你用七弦琴音创造了伟大的寂静。

1896 年

梦

　　幽茫的梦境，
希波罗河畔的优禅尼京城，
　　有一天我找寻
我前世的第一位情人。
她脸上抹洛菀萝花粉，手拿荷花，
头缀金雀花，茉莉花串耳边垂挂。
纤腰缠红绸腰带，脚镯声
　　既响又隐。
　　春季的一天，
辨识着路越走越远。

　　时空的庙宇中，
黄昏回响祭神的钟声，
店铺里空空荡荡，
漆黑的宫顶辉映着霞光。

　　情人的楼房
在僻静的迂曲的小路旁。
门上画着神螺神像，

两侧两棵幼小的金色花树伸出友好的叶片，

洁白的门柱顶部是

一只傲慢、肃穆的石狮。

情人养的一群白鸽已飞回

木屋，孔雀蹲在金杆上甜睡。

从楼上缓缓地走下

我擎灯的情人玛罗毗卡，

立在门口的石阶上，她的神情

犹如手捧明星的黄昏女神。

她玉体的气味和番红花香一样，

发丝有龙涎香薰染的馨香。

我全身缠绕她呼出的亲昵的热气，

她左胸半敞的衣缝里

露出抹着檀香膏的乳房，

她宛如一尊雕像，

在都市的喧嚣

　　　沉寂了的傍晚。

　　　我的情人

在门口慢慢地放下金灯，

走到我面前——纤手放在我的手掌上，

　　　眼神忧伤，

无声地问道："哦，朋友，

别来无恙？"我凝视着

她的面孔，欲说无语，
忘了该说的话。俩人回忆
对方的名字——想不起来。
陷入沉思，面面相对，
对视的眼睛许久不眨，
不觉潸然泪下。

在门前的树下两人想了很久很久！
不知道是什么时候，
她的纤手像小鸟
　　渴望归巢，
巧妙地藏进我握着的右拳中，
她的脸似低垂的芙蓉，
轻轻偎在我胸前，与急促慌乱的呼吸
无声地融为一体。
浓黑的夜色融进优禅尼京城，
顽皮的夜风吹灭了门前的灯。
　　在希波罗河畔，
湿婆神庙里已结束祭典。

波勒普尔
1897 年

爱神焚烧之前

你曾用形体巡行新的天地，
　　　焚烧无形的爱神！
香风吹拂花辇上的旌旗，
　　　女郎叩拜，伏身路尘。
无忧花、夹竹桃、金色花从锦囊掏出，
　　　少男少女撒在你过往的道上，
芳香如醇醴溢出巴库尔花簇——
　　　心中放射旭日的光芒。

黄昏，处子们汇集在你肃静的庙里，
　　　小心点燃灯烛，
悄悄以花苞制作箭矢，
　　　装满你罄空的箭壶。
丹墀上坐着少年诗人，
　　　操琵琶入迷地弹唱，
成双的麋鹿，作对的虎群，
　　　怯生生谛听窥望。

你含笑收拾弓弩，痴情慌乱的淑媛
　　　哀求着匍匐在你足旁。

出于好奇偷窃你五支花箭，

　　兴奋不已，抚弄玩赏。

绿草如茵散发温馨，

　　你精疲力尽，沉入睡乡。

娇娥含羞摇醒你煞费苦心——

　　足上的铃儿响叮当。

林径上走来头顶水罐的情人。

　　暗处你猛射一支花箭，

水罐坠入朱木拿河，略一失神，

　　她神色惊慌左顾右盼。

你划着花舟上前，开怀大笑，

　　姑娘省悟，面颊绯红——

下河泼水，皱眉装作气恼，

　　不禁也大笑，见你发窘。

皓月复高悬，夜色多迷人，

　　素馨花蕾又缀满高枝，

南风吹醉了河滨，

　　少女在巴库尔树下梳理发丝。

寂静的岸边情人遥相呼应，

　　离别之河流淌其间。

隐痛迸发的思妇呼喊丈夫，

　　哭诉哀切的思念。

来吧，爱神！恢复形体，恋人的发髻上
　　挂上清香的野花花环。
来吧，轻手轻脚步入洞房，
　　走进柔和的光线。
来吧，以机敏甘美的笑容闪电般
　　惊喜少女的心——
以神灵细腻温柔的触摸沉醉人寰，
　　万千人家，焕然一新。

1897 年

原谅

亲爱的，为了我对你的深爱，
请原谅，请多原谅！
我如惊鸟闯入你的笼子，
那门，莫关上，切莫关上！
隐藏感情，我无能为力，
爱慕的心也无从隐蔽。
你来遮掩，显示你宽宏大量——
我，一个难吐心声的弱女子，
请你以你的品德加以原谅。

亲爱的，如果你不喜欢我，
我的爱，请原谅，请多原谅！
别再送递含笑的眼神，
我的朋友，别再打量我这个无助的女
子！
我快速回转闺阁，强忍着哀戚，
受惊的羞惭的我藏入黑夜的死寂。
双手捂住袒露的心而悲伤——
我，一个薄命的女子，
亲爱的，你多加原谅！

亲爱的，如果你喜欢我，

请你原谅，请多原谅我的狂喜！

我将泛舟在你的爱之河上，

你别见笑，坐在堤岸上！

我像女皇登上宝座，

以浓重的情爱拘你于身侧，

如同女神一样满足你的一切希望——

啊，我的自豪，

我的主人，你多加原谅！

波勒普尔　1897 年

胆大妄为

他走近说：“亲爱的，看看我，抬起头来。”
我气呼呼地对他喝道：“走开！”
女友啊女友，说真的，
　　　　他仍不离去。

他站在我面前，我说：“走远点！”
他握住我的手，“啊，你干什么？”我惊恐不安。
女友啊女友，谎话不对你说，
　　　　他仍不放开我。

他把嘴凑到我的耳朵下面，
我斜瞥了他一眼，骂他：“坏蛋，坏蛋！”
女友啊女友，我起誓讲实情，
　　　　他的嘴仍不离开我的耳根。

他固执地吻着我的额头、嘴唇，
我颤抖着说：“我从未见过这种行径。”
女友啊女友，不知他脑子里想什么，
　　　　他仍不让嘴后撤。

他把自己的花环挂在我的脖子上——
我对他说："这花环有什么用场！"
女友啊女友，他不害羞也不害怕，
　　我对他说了句废话。

他戴着我的花环离去，满面春风，
我一声不响，望着他的背影。
女友啊女友，我眼含热泪——
　　他为什么不踏上返回的归程！

　　　　　　　　　1897 年

恳求

亲爱的，在清静的闺阁，
　　把我的名字缜密地
　　　　绣在你的灵府。
我心房里弹着一首恋歌，
　　将恋歌优美的韵律
　　　　教会你的足镯。

你的手细嫩、温柔，
　　捉养我的神魂之鸟，
　　　　在你的心苑。
记住，亲爱的，用我
　　手臂上祛邪的圣线
　　　　联结你的金钏。

我青春之藤乍开的爱花，
　　你随时可以采摘，
　　　　簪入秀发。
用我思恋的纯净朱砂
　　在你的眉心将
　　　　红痣描画。

我心中痴梦的温馨，
　　任你收集，细润
　　　你的肌肤。
我忠诚不渝的生死，
　　任你揉碎，羼入你
　　　罕见的矜持。

　　　萨哈查特普尔　舟中
　　　　　　　　1897 年

生死相伴

在我虚茫的心空，
你是我探寻的
遥远而娴静的暮云。
我塑造着你，
以我满腔的温存——
你属于我，
在我无边的心空飞骋。

我的心血染红你的双足，
黄昏你在我梦乡漫步！
涂在你唇上的砒霜琼浆，
是我碾碎的凄苦欢乐——
你属于我，
在我寂寞的生活中踯躅。

在我着魔的瞳仁中你逍遥自在，
眼睑抹着我梦幻的乌烟。
我唱的歌
将你的腰肢紧缠——

你属于我，

与我的生死轮回相伴。

1897 年

羞怯

如果你不赞成，
我就不再歌唱。
如果你感到羞怯，
我就不把你的娇容瞩望。
你秘密地编织的花环，
如果突然破碎，
我就不再走向
你那鲜花盛开的林莽。

如果你不赞成，
我就不再歌唱。
如果你突然中途止步，
我就会惊愕地去做别的事情。
如果在你的河边
不再掀起爱的波澜，
我的小船就无法驶出爱的港湾。
如果你不赞成，
我就不再歌唱。

怜悯

啊，女友！
他是谁呀，每天来了又回去？
请把我头上的鲜花递到他的手。
如果他想偿还爱情的债务，
会问你鲜花采自哪个花圃？
你要发誓不把我的名字说出。

啊，女友！
他是谁呀，每天来了又回去？
啊，女友！
他就是坐在树下地上的那个人吧！
快向他的座位上播撒花朵。
在他那忧郁的眼睛里，
一种哀怨之光在熠熠闪烁。
他想说什么，可是又没有说。
啊，女友！
他是谁呀，每天来了又回去？

我的歌儿

我的歌儿，

你想在哪个市场出售？

你的青春在何处永驻？

一对对幸福的情侣

疯了似地游逛，

寻找幽僻的地方，

躲开众人的目光。

鸟儿为他们歌唱，

溪流为他们奏乐，

花叶藤蔓请他们

欣赏美妙的自然音律——

噙泪的眼里

荡着淳朴的笑容，

你愿意置身于哪个

世界吹奏的笛声中？

我的歌儿立刻

兴奋地叫起来：

"那是我向往的所在。"

无能的

今天多少次
　　　我在编织花环，
不知谁的过错，编好了又拆散。
你坐在远处，
　　　眼角斜着看。
情人，请问
　　　你那一双媚眼，
我的手惊颤，
　　　是谁的目光的过错？

今天我坐着，
　　　要给你唱支歌，
可是吐不出歌词，发不出声音。
你那朱红色的嘴唇，
　　　微笑中蕴含着狡黠。
那双眼睛啊，
　　　告诉我为何有这样的过错——
为何嘴不张，
　　　我真无话说。

我已留下

　　花环和维那琴。

已经是深夜，

　　请给奴放假。

我什么也不说，

　　只坐在你的脚下。

亲爱的，请给我

　　这无能的仆人

的静默的嘴唇

　　能做的工作。

赔偿损失

哦，情人，
　　由于你的关系，
　　大家都对我责备。
他们说——诗人
　　用歌曲为你画像，
优美的情歌，每日
　　在你耳畔吟唱。
像着了魔，用韵律
　　串连平庸的语句，
最后掩盖孟加拉的
　　豪言壮语。

哦，情人，
　　由于你的关系，
　　大家都对我责备。

哦，女王，
　　我用那指责、诋毁
　　在额上描绘吉祥痣。
请用你温和的目光

和纯洁的笑容
抹去满世界的
　　愤怒的批评。
伸出你的双臂，
　　把热爱你的
受指责的信徒
　　搂在温柔的怀里。

哦，女王，
　　我用那指责、诋毁
　　在额上描绘吉祥痣。

我着手创作史诗——
　　精彩的故事
　　全装在心里——
你的足镯手镯，
　　不小心碰出了响声，
心中一千首歌曲里的
　　想象顿时成为泡影。
发生了始料不及的
　　这场"事故"，史诗
便成为你脚边
　　散落的尘粒。

我着手创作史诗——
　　精彩的故事
　　全装在心里。
唉，哪有什么
　　战争描写，完全
　　是一个梦幻。
往世的场面，英雄的品德，
　　整整八大篇，
全被你锋利的目光之剑
　　拦腰斩断。
剩下的只有爱情
　　日夜的哀号，
未来的光辉业绩，
　　全被我扔掉。
唉，哪有什么
　　战争描写，完全
　　是一个梦幻。

小鹿般的媚眼，
　　请把你的目光
　　投到赔偿那损失上面！
高踞人心的御座，
　　不是我的期冀——
我只要开启

你心殿的钥匙。
我死后不要人说
　　我永垂不朽，
我只要在你目光的
　　甘露之河上
万世漂游。

鹿般的媚眼，
　　请把你的目光
　　投到赔偿那损失上面！

用番红花汁写的情书

用番红花汁写的情书
　　紧贴着她的胸膛，
她长裙的下摆上
　　画有一对交颈的鸳鸯。
　　　雨季弥漫着离情，
　　　她怀念久别的夫君，
　　　用祭神的一朵朵鲜花
　　　　计算分离的时间。
　　　弦琴她抱在怀里，
　　　吟唱却想不起歌词，
　　　一绺干涩的头发
　　　　垂下遮住她的泪眼。
　　　　　团圆之夜她脚系的
　　　　　　铜铃叮当作响，
　　　　　用番红花汁写的情书
　　　　　　紧贴着她的胸膛。

她教她心爱的鹦鹉
　　啼唤她夫君的名字，
她引领孔雀翩翩起舞，

摇响金镯一副。

白鸽偎依她的暖怀，

她以亲吻表示宠爱，

她剥出清香的莲子，

饲喂形影不离的雌鹤。

搂着女友的颈项，

刘海与发辫轻晃，

茉菟罗这位情女说："妹妹，

我正受痴情的折磨。"

说话间泪水沾湿

两位姝丽的裙衣，

她教她心爱的鹦鹉

啼唤她夫君的名字。

就这么简单

心牵着心，
　眼望着眼，
两个生灵的恋爱故事
　就这么简单。
早春黄昏的空气中
荡散着茉莉花的清香——
你迷离地捧着鲜花，
我的笛子坠落在地上。
　你与我热恋，
　　就这么简单。

你那春意盎然的花裙
　使我眼花缭乱，
你把钟爱的茉莉花环
　挂在我胸前。
给一些，留一些，
露一些，藏一些，
一丝笑容，一丝羞赧——
　彼此心照不宣。
　　你与我谈情说爱，

就这么简单。

蜜月的结合里
　　没有莫测的奥秘，
心头从未堆积
　　无端的猜忌。
没有阴影跟随
终日的欢喜，
不必观颜察色，
　　把对方的心思细揣。
　　　蜜月里你与我成亲，
　　　　就这么简单。

不在言谈中
　　胡猜弦外之意，
不举起双臂
　　去摘空中的希冀。
献出多少赢得多少，
再无别的需要——
幸福的胸脯上
　　谁也不涂一层哀怨。
　　　你与我结为伉俪，
　　　　就这么简单。

据说爱情的大海
  无限广阔，
据说爱情中蕴藏
  无穷的饥渴。
弹奏情曲过猛，
弦丝势必断裂，
据说爱情的花林中，
  道路坎坷蜿蜒。
    你我相亲相爱的生活
      却十分简单。

消耗殆尽

我不是富商巨贾，没有
　　什么家私——
我只有不值钱的
　　几样东西。
一个春天我花光了
　　全部积蓄，
如今只剩下这件
　　微不足道的赠物——
我是否以此谱写
　　短小的情歌一首？

一条花串是金镯，
　　缠绕你的手腕，
采摘的一朵小花，
　　是你晃动的耳环。
坐在一株大树底下
　　做最朴素的游戏。
一天黄昏时分，
　　你竟把我遗失。

我不是富商巨贾，没有
　　什么家私——
我只有不值钱的
　　几样东西。
我独自坐在码头上，
　　哦，你来吧！
你要渡过雨季的大河？
　　唉，我担惊受怕！
你要在浩淼的水上漂荡，
　　撑着竹筏？

抗不住暴戾的飓风，
　　我这条木船。
但你可以上来，
　　如你喜爱游玩。
沿着宁静的河滨，
　　我慢悠悠地划桨，
采一朵鲜艳的莲花，
　　簪在你的发髻上。
你愉快地漂游，
　　听着两岸的丛林中
迦昙波树的枝条上
　　一群杜鹃的歌唱。

我这条船太小——
　　实话实说，
　　　　唉，唉，旅客，
带着你，只我一个船夫，
　　没有能耐渡过
　　　　汹涌的朱木拿河。

同一座村庄

俺俩住在同一座村庄，
　　这是俺俩唯一的幸福。
听见喜鹊叫，在她家树上，
　　俺的胸口剧烈地起伏。
她养的两只小绵羊
　　常在俺家榕树下吃草，
每当拱坏俺家的篱墙，
　　俺就抱起可爱的羊羔。

　　　　俺俩的村庄叫康基那，
　　　　俺村的小河叫安吉那，
　　　　乡亲们知道俺的小名，
　　　　俺那一位名叫兰希娜。

俺两家住得十分近，
　　中间只隔着一块田。
她家树林里许多蜜蜂
　　营巢在俺家的林间。
她家邻里祭祀的花环

被俺家的河埠挡住，
她家邻里制作的花篮
　　在俺家旁边集市出售。

　　　俺俩的村庄叫康基那，
　　　俺村的小河叫安吉那，
　　　乡亲们知道俺的小名，
　　　俺那一位名叫兰希娜。

俺俩村庄的小路旁，
　　芒果花缀满了枝丫。
她家地里的亚麻泛黄，
　　俺家地里的大麻才开花。
她家露台闪烁星星，
　　俺家露台南风吹来。
她家果园喜降甘霖，
　　俺家的迦昙波花盛开。

　　　俺俩的村庄叫康基那，
　　　俺村的小河叫安吉那，
　　　乡亲们知道俺的小名，
　　　俺那一位名叫兰希娜。

片刻的会面

走在乡间的小路上，
  你腋下夹着水罐，
为什么你透过面纱的细缝
  回头瞧我一眼？
  回眸的眼神
  卷起一阵轻风，
从你伫立的小河彼岸
  吹到我所在的此岸。
那么遥远的邂逅，
  时间那么短暂。

我隐隐约约只看到
  你秀美的大眼睛——
两只惊慌的"鸟儿"
  藏在面纱后的幽暗中，
  一瞬间你
  对我窥视，
你只朝我投来
  好奇的一瞥，

对一位过路的行人

　　　能做多深的了解?

与原先一样,

　　　你仍是一团谜,

在你的眼里

　　　我仍是一片空虚。

　　　在村径上走着走着,

　　　究竟是为什么

你戏剧性地停下脚步,

　　　腋下夹着水罐?

为什么你透过面纱的细缝

　　　回头瞧我一眼?

两姐妹

两姐妹一道去汲水，

　　为什么突然掩嘴窃笑？

莫非发现一个多情的旅人

　　站在路旁，呆头呆脑？

　不知她俩可曾对

　那株绿阴婆娑的

大树暗处的情种

　一再地回首窥眺。

　　两姐妹一道去汲水，

　　　为什么突然掩嘴窃笑？

两姐妹交头接耳，

　　不知在发什么议论。

远处传来的耳语，

　　听似玄奥的经文。

　她俩每每走到这里，

　引颈张望，若有所思。

她俩能够猜到

　爱慕者未倾吐的隐情？

两姐妹交头接耳，

　　不知在发什么议论。

走到这里，她俩陶罐里的水

　　为什么兴奋地晃荡？

两对机灵、晶亮的眸子

　　为什么闪闪发光？

　　走过河畔的小路，

　　她俩能够感悟

附近一颗焦渴的心里

　　翻涌着爱恋的波浪？

　　　走到这里，她俩陶罐里的水

　　　　为什么兴奋地晃荡？

两姐妹一道去汲水，

　　为什么面露笑容？

榕树浓阴下的痴情郎

　　莫非映入了她俩的眼帘？

为什么奇怪地奔走，

　　步履慌乱、急促？

莫非手镯、陶罐的碰击声

　　使她俩惊得方向不辨？

两姐妹一道去汲水，

为什么面露笑容？

希拉伊达哈

1900 年 6 月

坏天气

分别多日，清晨你悄悄走来，
　　　不知你心里在想什么。
昨天夜间残暴的飓风
　　　袭击花圃里的晚香玉。
林径沉没于汪洋，
栅栏解体散落地上，
花苞已绽的花茎与
　　　青草一起倒卧。
分别多日，清晨你悄悄走来，
　　　不知你心里在想什么。

你看红日升起被
　　　挡在云层的后面，
下了停，停了下，
　　　阵雨连绵不断。
酩酊的狂风时而清醒，
蹒跚着发出刺耳的声音。
湿漉漉的树枝上，喜鹊
　　　敛起翅膀无力啼唤。
今日红日升起被

挡在云层后面。

你缓步走来，倾盆大雨
　　淋湿你的裙衫。
你带来一只装祭神用的
　　鲜花的空篮。
甜蜜的月份相继消逝——
你不缺少花卉，
晚香玉盛开耀亮
　　姹紫嫣红的花坛。
你缓步走来，倾盆大雨
　　淋湿你的裙衫。

一棵棵树下潴积雨水，
　　哪儿有拥坐之地？
今天没有昨天那样的光影，
　　那样的芳菲歌曲。
不过你稍等片刻，
沾上泥淖的花朵，
让我从地上捡起，
　　用净水小心濯洗。
一棵棵树下潴积雨水，
　　哪儿有拥坐之地？

分别多日，清晨你悄悄走来，

　　不知你心里在想什么。

早晨看不见红日升起，

　　　树林里到处是吹落的花朵。

现有的你拿去，心怡神安，

不管能否装满花篮——

淅淅沥沥，雨丝又

　　从天上洒落。

分别多日，清晨你悄悄走来，

　　不知你心里在想什么?

坦率

啊，美不可喻的姑娘，
见了你我心旌摇荡，
　　请你原谅！
春雨初降的时日，
泛绿的林木快乐不已，
巴库尔花的清香
　　　沁人心脾——
乍开的迦昙波花
　　　在香气中陶醉。

　　啊，美不可喻的姑娘，
我双目若冒犯娇颜，
　　请你原谅！
你看曚曚的云天
一道道明亮的闪电
迅速好奇地对你的帘栊
　　—再窥视——
粗野的狂风钻进了
　　　你的卧室。

啊，美不可喻的姑娘，
我的歌若摄你的芳魂，
　　　请你原谅！
今日细雨霏霏，
水浪轻抚着河湄。
林中枝条的新叶
　　　飒飒歌唱——
湿风巡回演奏着
　　　雨曲的乐章。

啊，美不可喻的姑娘，
我的举动如若过火，
　　　请你原谅！
白昼消逝的村里，
人人悠闲歇憩。
牛羊归厩，阡陌上
　　　行人断绝——
湿润清凉的暮色
　　　淹没了世界。

啊，美不可喻的姑娘，
见了你我心旌摇荡，
　　　请你原谅！
雨帘的黑影中

你那乌亮的眼睛在闪动。
你浓黑的发髻戴着
　　茉莉花串。
新雨似花瓣贴在
　　你的眉间。

　　　　　　　　希拉伊达哈
　　　　　　　　1900 年

责怪

你为什么羞赧我，

　　　　以眼神的无声责备？
当我路过你的村庄，

　　　　朝自己的家门口走去。
那儿我垒的池塘石级头枕
两棵金色花树的凉阴，
池水深澈的荷塘畔，

　　　　累累黑浆果挂满青枝。
你为什么羞赧我，

　　　　以眼神的无声责备？

今日我未垂首进你的房间，

　　　　身着贫寒的布衣。
我未作为客人叩门，

　　　　未端乞食的钵盂。
我在我自己的路上行走，
鬼使神差走到你门口
绿阴浓密的山竹果树底下，

　　　　有一两分钟默默伫立。
今日我未双手合十低头走进

你的房间，身着贫寒的布衣。

在你争奇斗艳的花园里，

　　我未折一片兰花花瓣。

我未从挂满果实的枝头，

　　摘一只香果将饥肠充填。

我仅在来来往往的行人

偶尔驻足小憩的路旁，

俯身割芊芊芳草一把，

　　撷取怡人的绿阴一片。

在你争奇斗艳的花园里，

　　我未折一片兰花花瓣。

沾黏土路上的烂泥，

　　我两腿走得很累。

阿沙拉月雨云飞临，

　　天幕裂口倾落滂沱大雨。

追随飓风凌乱的节奏，

竹篁的柔枝跳摇摆舞，

飞奔的一团团乌云

　　似战场上的破旗。

沾黏土路上的烂泥，

　　我两腿走得很累。

我心里如何知道

　　　你心里对我是什么看法！

你一个人坐在窗口等谁，

　　　肩披乌黑的长发？

转瞬即逝的灼灼闪电

惊怔了你的双眼，

不知你是否能看到

　　　我在哪个旮旯。

我心里如何知道

　　　你心里对我是什么看法！

白昼似乎已经逝去，

　　　天际依然浓云密布。

竹园里狂风节节败退，

　　　田野里揭去了雨幕。

你的倩影我已舍弃，

你可占据泥地的席位，

黄昏来临，关上你的门，

　　　我仍走我自己的路，

白昼似乎已经逝去，

　　　天际依然浓云密布。

你为什么羞赧我，

　　　以眼神的无声责备？

后面村庄的荷塘畔，

　　有我新盖的房子。

我在茅屋里白日归隐，

点亮的灯似北斗星，

在别人的门口，我不穿乞丐的

　　衣服乞求谁的布施。

你为什么羞臊我，

　　以眼神的无声责备？

　　　　　　　　希拉伊达哈

　　　　　　　　1900 年

呼唤

来吧，穿一身普通的衣服，
　　不必为我浓妆盛饰。
　　　　任发辫下垂松散，
　　　　任分发线曲曲弯弯。
　　　　写情书用不着
　　　　　　华丽辞藻。
　　　　若松了胸衣，
　　　全然不必害臊。
　　　　　　来吧，穿一身普通的衣服，
　　　　　　　不必为我浓妆盛饰。

来吧，迈着轻快的步子，
　　穿过如茵的草坪。
　　　莫为脚上的虫漆苦恼，
　　　磨掉就让它磨掉。
　　　如果珠链断散，
　　　　不要怔忡。
　　　脚镯松开失落，
　　　　反倒轻松。

127

来吧，迈着轻快的步子，

穿过如茵的草坪。

你看黄昏已经降临，

空中堆积着阴云。

对岸飞起的白鹤

一字儿融入暮色。

空廓的平原上

掠过凉风，

惶恐的牛群正朝

村口狂奔。

你看黄昏已经降临，

空中堆积着阴云。

火苗会被晚风吹灭，

点灯是多此一举。

有谁对你定睛细看，

看你涂没涂乌烟?

你那双水灵灵的眼睛

比乌云还黑，

天然的姿色更

令人着迷。

火苗会被晚风吹灭，

点灯是多此一举。

穿着朴素的衣服笑着来吧，

　不必为我精心打扮。

　　花环来不及编好，

　　姑娘，不必烦恼。

　　今日时间不多，东方

　　　形云蔽天，

　　不戴一件首饰，

　　　手脚更加灵便。

　　　穿着朴素的衣服笑着来吧，

　　　不必为我精心打扮。

　　　　　　希拉伊达哈

　　　　　　1900 年

129

最亲近的

没人知道我摸透了
　　　你的脾性，
没人乐意你望着我
　　　脉脉含情。
听到我提起你，多少人
朝我投来冷嘲热讽。
　　　担心自己难以忍受，
我以多变的方式呼唤你，
　　　别人无从讽刺挖苦。

我没有对任何人透露
　　　你指给我去你家的路。
静夜里众人沉入梦乡，
　　　我独自来到你的门口。
你温馨的居室蒙着寂静，
我怕惊扰你不敢弹琴，
　　　只是默默地凝视。
欣赏了窗纸上你的剪影，
　　　我无比骄傲地归去。

天不亮我又悄悄地
　　　走进自己的卧室，
坐在清静的窗前入迷地
　　　弹琴，面带笑意。
路上来往的行人突然
停步，惊讶地观看。
　　　我心想是我叫了他们——
没人知道我以众多的
　　　称谓掩盖一个芳名。

我弹的乐曲引起拂晓
　　　花圃里玫瑰花的共鸣，
乐音中苏醒的晨星
　　　俯视我兴奋的面孔。
亿万个家庭云集在我周围，
亲人们眼含喜悦的泪水，
　　　笑声在千家万户回荡。
我含蓄地弹奏的芳名
　　　激起世界的强烈反响。

万籁俱寂的子夜，
　　　在你宏伟宫殿的厅堂，
千千万万盏金灯的火苗
　　　笔直地释放柔光。

你的光借我的灯芯闪耀，

路上走过，必然召来嘲笑，

　　不得不远走他乡——

所以在高楼顶上，

　　我不曾点亮灯光。

我没有告诉任何人，

　　我乔装打扮，

怀揣竹笛，终日悠闲地

　　在你的路上盘桓。

我以多种乐调、旋律

吟唱上口的歌曲，

　　只有一首歌为我珍藏。

我睁开眼观察形形色色的脸庞，

　　梦中只对你凝望。

结局

旅途中我与驳杂的旅人擦肩而过。
一切了结之外只剩下你我两个。

　　　春天离去，雨季回归，

　　　昼夜无尽地交替，

领略几多沧桑几多苦楚，

写了几首诗歌——

旅途中我与驳杂的旅人擦肩而过。

不知何时道路断绝，黄昏降临。

回眸遥望，不知何时远去了相遇的人。

　　　不知何时我如何

　　　走进你幽静的寓所。

我惊异于心底萦绕的新奇歌声。

不知何时道路断绝，黄昏降临。

疲倦的眼眸上可有清晰的泪痕？

路途漫漫，说不完的故事来自命运？

　　　你关闭了门窗，

　　　冬日的卧具铺在床上，

你黄昏的灯光抚慰你我的孤影。

我眼眸上看得见清晰的泪痕？

维系我空落的心

今天早晨我的倦眼
　　依然饱含哀情。
我于悲痛之榻上苏醒，
　　夜归去，天已明。
我的身心依然不能
成为刚刚醒来的春风
和花儿新绽的
　　茂林的友人。

你在我的面前，
　　把你的黎明遮住——
这游戏、这聚会、这阳光、这情曲，
　　都从这里带走。
你在黎明的世界里将我劫持，
以凄清的幽暗将我包围，
用你柔臂似的纽带
　　维系我空落的心。

爱情的项链

朝夕相伴的岁月里，
　　她一次次慷慨奉献，
而今，我已没有
　　回报她的时间。
她的夜已化为黎明，
你接她走了，哦，大神——
我只能把感激的礼物
　　呈献在你的足前。

我与她在一起时的过失、
　　言谈举止的不当，
我只能匍匐在你足下，
　　通过你恳求她原谅。
今日盛放给你供品的盘子里，
我放上尚未给她的
而早想送给她的
　　一条爱情的项链。

你我结为夫妻

你身着新娘的盛装，那天
进入这祖宅，站在我身边，
颤抖的小手拉着我的手，
这是命运的游戏？纯属
偶然？这并非片刻的事情，
是太初诵念的一句经文。
你我结为夫妻，臻于完满，
这是我世世代代的期盼。
你从我的生命中带走什么，
又相应地留给我这生活之河。
多少个昼夜怀着羞怯忧虑，
以成功失败，以收益损失，
你我不倦地共建人生之宫，
没有你和我，谁能够建成？

圣蒂尼克坦
1902 年

献出心灵

今宵你恬然酣眠，我点亮灯盏，
　　　　警觉地守护在门边。
你给了我全部情爱，今宵我独自倾吐
　　　　对你的一往深情。
你以后不必为我打扮，多费精力。
　　　　从此我日夜辛勤，
采集鲜艳的花朵，百般精细地装饰
　　　　你那颗温柔的心。

你忘却体衰疲惫，一双手年复一年
　　　　侍奉、劳作，
我的脸偎依你的手，使之从琐事忙乱中
　　　　得到永久的解脱。
献出心灵，你一丝不苟地完成
　　　　礼拜神明的仪式，
从此泪水莹莹地接受我的祭品——
　　　　我写的颂曲。

　　　　　　　　　　圣蒂尼克坦
　　　　　　　　　　1903 年

137

我不会如此愚笨

你有什么办法
　　把自己隐藏？
你的芳魂时时
　　溜出眼眶。
你款款地走来，身着新式裙衫，
云鬟上挂着闪亮的珠串——
你来自心灵之湖畔，嘴角
　　流露出隐约的笑意。
忘不了你矜傲的睥睨，
忘不了，忘不了你狡黠的
　　冰冷的言辞。
你新叶般的纤指一戳，
我的眼泪就簌簌滚落？
　　我不会如此愚笨。
你嘲笑，我仍含笑忍受
　　你举动的过分。

你今日这样打扮，分明
　　是要戏弄我。
什么时候你神情欢快，

将我抚摩?
我曾见你许久默默无言,
　泪水莹莹, 神色黯然。
我曾见你气恼哀怨的
　　惹人怜悯的神态。
我曾见你忧郁迷惘的
眼神里热切的期冀
　　悄然溢出来。
在你娴熟地约束颦笑的过程中,
我的心又怎能不焦急惶恐?
　　我不会如此愚笨。
你嘲笑, 我仍含笑忍受
　　你举动的过分。

我钟情的人儿

左面是曲径，右面是破败的河埠，
我钟情的人儿曾在中间的村庄居住。
　　　　这村庄谁熟悉？
　　　　谁能说出它的名字？
绿树掩映的村旁是一块块肥沃的稻田——
只有我心扉上镌刻着她在这儿度过的童年。

多少个黄昏她在竹林里憩息，
竹叶缝中看一轮皓月冉冉升上天际。
　　　　雨季大雨倾盆，
　　　　浇湿原野的绿裙。
肆虐的飓风掠过她家葱绿的水稻田，
天气恶劣的时节她在家里焦急不安。

这田地、这池沼、这芒果园、这湿婆神庙，
聆听她的乳名，深谙她的癖好。
　　　　在清幽的池塘水中，
　　　　她天天游泳。
在池畔的小径上印着她来往的足迹。

村里人都知道劳动的艰辛，但她从不畏惧！

村妇们腰夹水罐站在石阶上，
总看见真诚的笑容浮上她的脸庞。
　　　　每天下地的时候，
　　　　经过她家的门口，
肩扛木犁的老农驻足与她寒暄，
我钟情的人儿在村里很有人缘。

南风迎来送走一艘艘载客的帆船，
远方的旅客小憩，坐在巴库尔树下面。
　　　　出门的扶老携幼
　　　　急匆匆走下码头。
何曾有一个旅客朝河埠的左边张望？
我钟情的人儿哟曾住在这个村庄。

　　　　　　　　　　阿勒穆拉
　　　　　　　　　　1903 年

我心池的红莲

哦，你那天曾来参加
　　我举办的聚会？
　　你手持长笛，
　　含笑无语。
那天春光在狂欢的
　　情景中陶醉。
哦，你那天果真来过，
　　眉宇间闪着晨晖，
　　参加我青春的聚会？

那天你使我忘却
　　该做的工作。
　　是你施展魔力，
　　时光便飞快地流逝？
摇曳我心池的红莲
　　是你撩人的眼波。
你灼热的目光把我
　　烦躁的芳心摩挲——
　　我忘却该做的工作。

唉，后来我不知瞌睡
　　何时潜入我的眼眶。
　　苏醒的时候，
　　天上乌云密布——
我独自躺在树下
　　足迹斑斑的落叶上。
当我与你走进
　　树林，采集鲜花的时候，
　　瞌睡便潜入我的双眼。

无趣的聚会早已散去。
　　今日秋雨淅沥，
　　路上杳无人影，
　　家家门窗紧闭——
阴雨绵绵，我孤寂的心
　　蜷缩在大地的怀里。
你又来叩我的门？
　　该不该迎迓你？
　　今日秋雨淅沥！

你进门脸如草灰，
　　像苦修的隐士。
　　呆滞的眼眸中

　　闪烁火样的激情。
从你湿淋淋的乱发上
　　落下一滴滴雨水。
你将外面狂风暴雨的昏暗
　　带进屋里，
　　你像个隐士。

沉默愁苦的情人，我向你顶礼，
　　快进入我的破房！
　　我眉间的吉祥痣
　　仍是一团火焰。
你手执的禅杖不慎
　　把腕上的铁钏碰响。
贵宾，莫返回虚空，
　　谢绝我的珍藏！
　　快进入我的破房！

赐予

我寻思向你乞讨，
　　　　但鼓不起勇气——
黄昏时分，你颈上
　　　　戴的花环多么美丽——
　　　　但我没有乞讨的勇气。
我揣摩一清早
你定去河边洗澡，
床前，凋萎的花环
　　　　也许滑落在地。
所以我天亮就赶来，
　　　　像个乞丐——
　　　　但仍没有乞讨的勇气。

咦，这不是花环，
　　　　是锋利的宝剑，
如沉闷的霹雳，
　　　　似燃烧的火焰——
　　　　这是你的宝剑。
一缕朝晖射入门窗，
洒在你的床上，

晨鸟唱着歌问道：

　　"姑娘，你可曾如愿？"

这不是金樽、香水瓶，

　　不是美丽的花环，

　　这是可惧的宝剑。

我坐下沉思，

　　这是你的恩典？

将它收藏，我可

　　没有合适的房间，

　　啊，这果真是你的恩典？

我是纤弱害羞的女子，

可怕的宝剑与我相配？

把宝剑佩在腰间，

　　心儿不免辛酸。

但我胸膛里仍将

　　承受这痛苦的尊严——

　　我毅然收下你的恩典。

从今往后我要抛却

　　世上的全部忧虑，

我的一举一动

　　包含着你的胜利——

　　你使我抛却全部忧虑。

你把死亡当作女友，
留在我的小屋，
我无畏地接受，
　　将其藏在心里。
你的宝剑刺破了
　　我的樊篱，
我抛却全部忧虑。

我从此不再
　　为你敷粉盛妆，
不管你回来与否，
　　我心之王！
　　我不再敷粉盛妆。
我不再坐在屋里的
泥地上呜呜哭泣，
因为你，我心之内外
　　不再羞怯慌张。
今日我把你的宝剑
　　佩在纤细的腰上，
　　我不再敷粉盛妆。

　　　　　　　　　吉里迪
　　　　　　　　　1905 年

你爱我因为我出身微贱

让我说，让我说
你与我永不分离。
让我说，让我说
你中间有我生活的全部欢娱。

让我说，让我说
你给我舒心的声音，
你使我的话语甜蜜，
你是我最亲的心上人。

让我说，让我说，
让我从心底里说，
我用你充实
无边的天与地。

让我说，让我说，
让我用小巧的嘴诉说，
你知道我痛苦才来到你身边，
你爱我因为我出身微贱。

你我将结为伉俪

因为你我快要成亲，
　　　蓝天洒满明媚的阳光。
因为你我快要成亲，
　　　恒河平原上百花怒放。
因为你我将结为伉俪，
夜阑苏醒在世界怀里。
朝霞推开东方的雾扉，
　　　快乐地放声歌唱。

新婚燕尔的希望之舟
　　　荡过无始岁月的河面。
千年万年的绚丽花卉
　　　装点一只婚礼的花篮。
你我彼此忠贞不渝，
越过千代，跨过万世，
拿定自己择婿的主意，
　　　春心早已为新娘打扮。

1913 年

泛舟荡入我心间

你站在我恋歌之河的对岸——

双足被旋律绕缠，

芳颜，一睹却无缘。

习习南风起，

小舟切莫系，

来吧，来吧，泛舟荡入我心间。

你与恋歌嬉戏离我很遥远——

风笛送来情思绵绵。

你何时步履款款

吹着我的情笛，

缓缓步入

快乐、神秘的静夜的幽暗？

圣蒂尼克坦

1914 年

我只等候着爱

　　我只等候着爱，要最终把我交在他手里。这是我延误的原因，我对这延误负疚。

　　他们要用法律和规章，来紧紧地约束我，但是我总是躲着他们，因为我只等候着爱，要最终把我交在他手里。

　　人们责备我，说我不理会人，我也知道他们的责备是有道理的。

　　市集已过，忙人的工作都已完毕。叫我不应的人都已含怒回去。我只等候着爱，要最终把我交在他手里。

你为什么让我独在门外等候

云霾堆积，黑暗渐深。啊，爱，你为什么让我独在门外等候？

在中午工作最忙的时候，我和大家在一起，但在这黑暗寂寞的日子，我只企望着你。

若是你不容我见面，若是你完全把我抛弃，我真不知将如何度过这悠长的雨天。

我不住地凝望遥远的阴空，我的心和不宁的风一同彷徨悲叹。

把我的爱献上给你

只要我一息尚存，我就称你为我的一切。

只要我一诚不灭，我就感觉到你在我的四围，任何事情，我都来请教你，任何时候都把我的爱献上给你。

只要我一息尚存，我就永不把你藏匿起来。

只要把我和你的旨意锁在一起的脚镣，还留着一小段，你的旨意就在我的生命中实现——这脚镣就是你的爱。

我的情人

　　我的情人，你站在大家背后，藏在何处的阴影中呢？在尘土飞扬的道上，他们把你推开走过，没有理睬你。在乏倦的时间，我摆开礼品来等候你，过路的人把我的香花一朵一朵地拿去，我的篮几乎空了。

　　清晨、中午都过去了。暮色中，我倦眼蒙眬。回家的人们瞟着我微笑，使我满心羞惭。我乞丐一般地坐着，拉起裙儿盖上脸，当他们问我要什么的时候，我垂目没有答应。

　　啊，真的，我怎能告诉他们说我是在等候你，而且你也应许说你一定会来。我又怎能抱愧地说我的妆奁就是贫穷。啊，我在我心的微隐处紧抱着这一段骄荣。

　　我坐在草地上凝望天空，梦着你来临时那忽然炫耀的豪华——万彩交辉，车辇上金旗飞扬，在道旁众目睽睽之下，你从车座下降，把我从尘埃中扶起坐在你的旁边，这褴褛的女乞丐，含羞带喜，像蔓藤在暑风中颤摇。

　　但是时间流过了，还听不见你的车辇的轮声。许多仪仗队伍都在光彩喧阗中走过了。你只要静默地站在他们背后吗？我只能哭泣着等待，把我的心折磨在空虚的伫望之中吗？

假如我今生无缘遇到你

假如我今生无缘遇到你，就让我永远感到恨不相逢——让我念念不忘，让我在醒时梦中都怀带着这悲哀的苦痛。

当我的日子在世界的闹市中度过，我的双手满捧着每日的赢利的时候，让我永远觉得我是一无所获——让我念念不忘，让我在醒时梦中都怀带着这悲哀的苦痛。

当我坐在路边，疲乏喘息，当我在尘土中铺设卧具，让我永远记着前面还有悠悠的长路——让我念念不忘，让我在醒时梦中都怀带着这悲哀的苦痛。

当我的屋子装饰好了，箫笛吹起，欢笑声喧的时候，让我永远觉得我还没有请你光临——让我念念不忘，让我在醒时梦中都怀带着这悲哀的苦痛。

我的心灵之神

啊，我的心灵之神，
　　你的爱情使你
　　　　　　变得残忍。
　　你不让人静坐，
　　于是日日夜夜
　　　　心里回响着严厉的乐音。

啊，我的心灵之神，
　　把我的忧郁
　　　　　　变为芳馨！
　　你在寻找我的踪迹，
　　你的愁容令人落泪，
　　　　让一切安逸离我远遁！

苏鲁罗
1915 年

走进我的心

走出秋阳下的莲花丛，
　她漫不经心地
　　走进我的心。
她金镯的叮当
在晨光中回荡，
　纱丽的下摆在风中
　　飘拂弄影。

她奔放的乌发逸散芳馨，
　茉莉花枝下醉倒了
　　孤单的清风。
一颗心吻颤另一颗心，
外面的世界动感情。
　今日她痴迷的顾盼
　　布满了青空。

苏鲁罗
1914 年

157

一片真情

那天你系一根心弦，
　　强忍着哀痛。
忘了吧，忘了辛酸的往事！
　　平静地弹琴！
　在我这根心弦上
　　弹出你心中
　多年秘密珍藏的
　　一片真情。

　不要再延误，
将要熄灭，这屋里的灯，
　我的子夜
在门口侧耳倾听。
　　在我的心里，
　　用满天繁星
和不尽的火流铸就的音符，
　　弹出你的赤诚！

　　　　　　　　　　苏鲁罗
　　　　　　　　　　1914 年

爱的表露

我知道你激奋地眺望大路，
日日夜夜谛听我的脚步。
你的欢悦开放在秋空
一抹霞光之中。
你的欢悦不能自已，
跌进春花的艳涛里。
我认辨着路径，
一步步向你走近。
你爱的海洋天天
舞蹈得如狂似疯。

往世，今世，来世，
我秘爱的莲花脱落一层层面幕，
在你的心池怒放。
太阳神偕同星宿
汇集池畔，
饶有兴致地评鉴。
你的素手
握一把你世界的光的新叶。
你羞红的天堂表露

爱情的一片花瓣，

在我幽秘的心空舒展！

帕德玛河上

1915 年

寻觅

我的眼睛在你眼睫的绿阴里
　　　　寻觅心语的花蕾。
误入扑朔迷离的幻境，
　　　　不知何时道路迷失。
我的视线询问忧郁的秋波，
　　　　为何觅不到羞涩的秘密？
问罢沉入浑浊的泪潭，
　　　　像稚童跌进一团狐疑。

我的一腔痴情可曾在
　　　　你的芳心投下柔影？
门上画的鲜红的莲花座
　　　　对你诉说了我的心声？
踯躅在你的花园曲径，
　　　　风中荡漾着我的哀伤，
难道无人看见我的情笛
　　　　在天幕草书的一段衷肠？

　　　　　　1928 年

无所畏惧

在人世，
你我不以动人心魄、
盈泪的美妙乐曲
建造玩具般的天国，
不以花箭的疼痛的甘甜
构作洞房花烛的夜晚。
我的情人，你我不能性情懦弱，
在命运的脚下当乞丐！
我确信没有什么可怕的，
你在，我也在。

从事艰巨的事业，
在坎坷的道路上，
你我携手奋进，
爱情的旗帜高高飘扬。
受难的日子难免悲痛，
但不需要宽慰，不需要宁静。
渡河假如帆缆折断，
木舵毁坏，
面对死亡，我知道——

你与我同在。

彼此的眼里看清现世，
彼此的身上发现自身——
你我共忍
穿越沙漠的艰辛。
不去追逐海市蜃楼的缥缈，
不去诱惑心灵将黑白混淆。
你我一息尚存，
人世的路上豪情满怀。
情人啊，愿此言成为海誓，
我与你同在！

1928 年

假如
我今生无缘
遇到你

恋恋不舍者

第一次相会的日子将在阴沉的七月里，

　　那一天美丽的大地

　脱去赭色的外衣，

　　　相信这一天是否会来呢？

院子的四周挂着湿漉漉的帷幕，

　　那一天她端坐在阴凉处，

　　　　将自己打扮装饰。

　　她穿上新绿色的丝织衣服，

　　　　在眼皮上涂了乌烟，

　　　　将迦昙波花粉涂抹在胸脯。

　为参加地平线的加冕大礼，

熏风在传递邀请后返回树林里。

　　　那一天在情人的怀抱里，

幽会的书简不知何故滴满泪滴，

　　诗人的歌声在沉重的别离中响起，

　　　　不是不是，不是那个日子。

　　　相会莫非是在三月的某一日，

那一天和风惊奇地徘徊在树林里，

　　　辨认着各种气息，

它询问银黄两色茉莉：

　　"你是何时回来的？"

纳葛克斯花亭严肃而高傲地

　　　　将花蕊抛置在泥土里。

　　　　　　叽叽喳喳地啁啾鸣啼，

　　　　千百只鸟将鲜花的色彩

与自己的鸣叫融为一体。

　　　　在森林里的林木枝叶间，

一群蝴蝶用翅膀在绘画，

那是用奇特的花的字母编织的图案。

　　　　青春勃发的大地

此时邀请苍天前来参加

　　　　　　它的盛大节日。

春天诗人真想扯断自己的琴弦，

　　　　　　激动得几乎有些疯癫。

　　　　色彩和芳香欢笑嬉戏，

　　　　在天宇与和风中

　　　　　　失去了耐心。

　　　　不是不是，不是那个日子。

　　　　那天正值九月的良辰吉日

苍天的慷慨大度使大地丰裕。

　　　　富饶而太平的两岸获得了

　　　　　伴侣——河流小溪。

　　这位修女用她那深沉的流水，

　　　　吟唱着赞美大海的歌曲。

　　　　摆脱束缚的纯洁无瑕的光明，

　　　　在擦拭着它那蓝天般的水灵灵的眼睛。

　　　　　　林中仙女气度不凡，

　　在她那洁白的沉思中将无瑕的纯洁

　　　　　　　展现在广袤的蓝天，

　　　　展现在赛福利、茉莉和芦花之间。

　　谦恭的大地在垂首鞠躬，

　　　　祭祀之女默默无声，

　　阳光的祝福和雨露的滋润，

　　　　令她感到心里凉爽而宁静。

　　　　穿越大地之路径，

　　　　　遥望着苍穹，

　　　一贫如洗的白云宛若冷漠的苦行僧，

　　朝着喜马拉雅山顶的圣地飘动。

　　　　在这美好的时刻，在这明媚的阳光下，

　　　　　在这完美深邃的苍穹下，

　　　　在自由平静之中，

　　我要会见我的心上人，可眼睛却辨认不清。

　　　　　　　　　　1928 年 8 月 19 日

胆怯者

胆怯者，为何将发抖的爱情送来？

　　　人世间你欲置它于失败之地？

　　你的心畏惧光照，

　　沿着隐秘的小道

　　　　走来，立在花园门外。

唉，他并未认清自己定型的面目，

　　　惶惑趁机将他俘虏。

　　园外小小的绊脚石

　　对爱情为何投来鄙夷的目光？

　　　他在心里低头认输。

子夜的幽暗在瑟瑟战栗，你听，

　　　一次次传来求援声。

　　莫躲进漆黑的恐惧，

　　对坷坎嗤之以鼻！

　　　你的真实，你自己战胜。

接受残酷，在不堪的痛楚的振奋中

　　　你品味爱情的光荣。

将压抑的泪珠照亮，

不会不结果，受伤的希望，

　　火炼的心更加晶莹明亮。

烈日下瘦花被烤黑，任其被烤黑——

　　任卑贱的灯光暗逝。

怯懦缩在笼中，

是谁延长了它的性命？

　　它最好的归宿是死。

为躲避杖击便故意欺骗生活？

　　不偿还对无价的欠赊？

爱情何曾懂悭吝，

在牺牲中自救，在奉献中

　　自由的财富必将获得。

　　　　　　　　1932 年

疏忽

你偶然唱错歌词，
　　搅乱了旋律，
搅乱了舞步的节拍。
　　你垂下沮丧的脸，
　　默默站立，好生难堪，
红晕飞上灼烫的香腮。
　　眼角沁出晶亮的泪花，
　　再三询问，也不回答。
　　　樱唇微颤，
愀然按住胸前的花环。

　　　窘迫的女人，
你不知道过失若加入悔恨，
　　即刻成为一种优点。
美艳无瑕威力无穷，
　　　不可战胜，
　　凭借自尊臻于完满。
细小的疏忽的孔隙
泄露了你的心地，亲爱的，
　　愧悔的心情

不过是秋晓晨光与暗影的婚姻。

我许久不明白

　　苏醒的心儿那么焦急，

等待的正是这一幕。

　　你向来受人尊敬，

　　高踞荣誉的高峰，

如同冰川，洁白、坚固，

　　终于化为泪流滔滔。

你那暗淡下来的高傲，

　　请求我予以谅解——

毫不犹豫，我便相信你归属了我。

而今我获得

我的感情中融合

　　你的感情的权力。

消除一切隔阂，

你的羞赧化作

　　我生活中莫大的恩赐。

率直的白昼的光华

扯去你的黑色面纱。

　　我的求索

使你的黄昏星在我手上陨落。

1934 年

别离

　　你们俩人中间
有一道阻挡想象的栅栏。
　　通往梦境的平坦的路
　　　　还没有修筑。
多少个无伴的黑夜白天，
　　你们在心中彼此呼唤，
　　　一些微小的困难使
　　　　　你们不能面面相对。
　　俩人近在咫尺却很孤独，
分隔你们的是微不足道却又冲不破的拦阻。

一阵风钻过别离的空隙
　　送来醉人的芳香。
　　　杰特拉月的青空
　　赠给阳光一首离人吟唱的
毗伐斯调的情曲。
　　喜鹊的歌鸣同时
传来，大边响起旅人吹奏的笛音，
　　　眼神迅疾的暗示中，
　　　　俩人的神交泄露，

枯叶一簇簇

　　铺满林径，

　远去了急促的脚步声。

你们的命运时刻企盼

　　你们中间

有一位勇敢地昂首站立，

　说："我们一直是彼此

　　远离的囚徒，

　被错觉之绳捆住。

让它断裂，它不是真实的。

　　伸出双臂，

　把对方搂在胸口，

怎能让你所企求的人站在你的身后。"

　　　　　　　　　　大吉岭
　　　　　　　　　　1933 年

将至的夜

传来了呼唤，哦，你快启程！
布置洞房的是冬日的黄昏。
猎户星座的宏伟宫殿，
铺上华丽的红毯，
你心里将至的夜
吹响法螺——
落日的西山脚下
情思远播。

这儿别绪弥漫，
仿佛有人来临，四望却又不见。
渐逝的淡香给心里
送来昔日芳林的回忆。
编就的玛陀毗花环
在缱绻的圆月之夜
不触肌肤地戴在颈上，
满腹无语的凄恻。

团聚之日的灯盏
在兴奋不已的夜晚点燃，
而今在无底的幽黑中

隐秘地做着美梦。

春天花林的声籁

消融在喁喁低语里，

沉寂了的余音如今

在脉搏中战栗。

我如何称呼？说什么话？

哦，佳丽，冥思中为你作画？

一生积聚的悲欢

此刻为何躁动不安？

不举行庆典的无月之夜，

在我的胸中是谁

在听用笛子吹奏的

萨哈那调情曲？

哦，心儿，在你的私宅，

逝去了的春夜现已归来。

乘北风踏上南行之路，

深情地对你凝视。

她不戴面纱，

也未浓妆艳抹，

冰凉的素手最后一次

将心灵抚摩。

1934 年 2 月 4 日

远飞的心绪

你立在暗处，
　　考虑着是否进屋。
我隐隐听见你的手镯声。
　　你粉红的纱丽的一角
　　　在门外风中飘拂。
我看不见你的面容，
　　但看见西天的斜阳
　　　把窃得的你的情影
　　　　投落在我房间的地板上。
我看见门槛上纱丽贴边下
　　你白皙纤足的游移的迟疑。
　　　我不会喊你的。
今日我飘逸的心绪
　　像九月下旬深邃天穹的星云
　　　和雨后湛蓝的天空中
　　　　隐逝的白云。

我的爱情，
　　像一块农夫遗弃多年、
　　　田埂毁坏的稻田。

元初的自然

漫不经心地在上面

扩展自己的权限。

荒草和不知名的树木蔓生，

与周围的丛林连成一片。

我的爱情，

也像残夜的启明星

在晨光中沉没自身的光环。

今日我的灵魂不受限制，

为此你可能对我误解。

先前的痕迹已经抹尽，

任何地方的任何樊笼

无法将我囚禁。

圣蒂尼克坦

1936 年 6 月 1 日

天各一方

你送来新鲜生活的美好形象，
　　送给我心房第一阵惊喜
　　　　和血液中第一阵激浪。
朦胧的爱情的甘甜
　　好像黎明那缀有
　　　　金饰的黑色面纱——
　　　　　　掩饰着纯洁目光的交换。
那时心林的鸟啼
　　还不大胆，
　　绿叶的飒飒声
　　　　时而响起，
　　　　　　时而平息。

在人丁兴旺的家族里，
　　我俩神不知鬼不觉地建造了
　　　　独属我俩的幽秘的世界。
有如燕子每日营巢，
　　用的是衔来的草屑。
　　　　这个世界的建筑材料也很普通，
　　　　　不过是流动时刻

失落的漂浮的时光的累积。

但它的价值在于共建，

而不在于材料。

后来我从我俩的航船上

不慎落入水中，

一个人凄凉地漂流，

你怔怔地坐在对岸的沙滩上。

写作，娱乐，

你我的双手

从此没有机会配合。

我们生活的纽带断为两截，

如同潮汐身后袭来的强台风

刹那间抹去

画在活泼嬉乐的海浪背景上的

绿岛的肖像，

你我苦乐的新芽萌发的

稚嫩的世界，

轰隆一声

塌为一片废墟。

数十年弹指间逝去。

暴雨将临的黄昏，

我在心里见你全身

依然洋溢着青春的活力。

你依然拥有灵秀的韶华。

你春天的芒果花

　　依然散发沁人心脾的芳香。

　　　如今正午的杜鹃

　　　　和你那时一样凄婉地啼鸣。

我对你的回忆融合在

　　失去年龄的自然景色里。

　　　你纤柔的身姿

　　　　深深地印在

　　　　不可撼动的土地上。

我的生活之河

　　没有停止流动。

　　　在崎岖的山路上，

　　　　在险恶的深谷里，

　　　　　在善恶、矛盾、对抗之中，

　　　　我照样憧憬、思考、求索，

　　　　　有成就，也有挫折，

　　　　　　走到了远离

　　　　　你熟稔的疆域的地方，

　　　　　　在你眼里是异乡人。

今口狂风呼啸的黄昏，

　　你若坐在我跟前，

　　　会发现我迷离的目光

滑过青翠的林径，

　　飞往高渺天海的岸边。

你会坐在我身边悄声倾吐

　　你那天未倾吐的心里话？

　　　但此时巨浪在咆哮，

　　　　兀鹰在怪叫，

　　　　　乌云在轰鸣，

　　　　　娑罗树浓密的枝梢

　　　　　　剧烈地摇摆。

有关你的信息，

　　仍在漩涡急转的

　　　疯狂的海面上

　　　　飘荡的纸船里。

那时你我的心

　　息息相通，

　　谱写一支支新歌，

　　　分享最初创作成功的喜悦。

我感到你我的关系

　　实现了几个时代的夙愿。

那时每天送来的

　　新鲜阳光的颂曲，

　　　似太初睁开眼睛的星星。

今日我乐器的弦丝

　　已增加了几百倍，

　　　　没有一根是你熟悉的。

你当年练习的乐曲，

　　在这弦上会感到羞愧。

　　　当年抒发感情的乐谱，

　　　　终究要被揩尽，

而我的眼眶不禁涌满泪水。

　　我的弦琴的魔力

　　　来自你纤指

　　第一次爱怜的抚摩。

从少年的韶光的绿岸，

　　是你首先将这叶轻舟

　　　推入人世之河，

　　　　轻舟才扬帆远航。

如今我在河中央——唱起渔歌，

　　你的名字

　　便和歌声一起荡漾。

　　　　　　　　　　　　圣蒂尼克坦

　　　　　　　　　　　1936 年 6 月 20 日

急切

哦，十五岁的姑娘，
朔日之夜赴幽会的路上，
　　你是望日的月亮。
春梦淡淡的笑影
　　在你陶醉的夜晚轻漾。
你那被偶尔一声夜鸟的啼鸣
激发的青春的激情，
缓缓渗入新雨
　　浣净的露兜花的睡乡。

无从听见的林籁
　　瑟瑟颤抖在你的柔怀。
　　　无形的思恋，
　　　莫名的哀怨，
是阴影，落在你心原的地平线上，
　　暗暗焦急的泪水
　　　晶莹地浸湿
　　乌烟抹黑的眼眶。

　　　　　　　　　　圣蒂尼克坦
　　　　　　　　　1940 年 1 月 10 日

吝啬的情人

暴虐之夜走到你的门口，
你为什么用衣摆扇灭灯火？
心头烙上你幽黑的剪影，
胸中深埋你厌烦的面容，
它好似面带黑斑
万世经天的明月。

唉，唉，吝啬的情人，
是什么阻碍你给予一点儿温
存？
你的青春
涌溢着丰姿绰约，
它的情书，你为什么
不给我？

1940 年 1 月

倩影

我情人的倩影

变幻在含泪的青空。

藏在云缝的晚星里，

我的情人对谁俯视？

她的记忆里闪耀着晚灯将熄时的光芒。

我的情人用花林的暗香

编织的花环无人欣赏。

我的情人冒着七月的暴雨

在空中踟蹰，遗失心语。

我的情人的裙裾

飘拂在密林青翠的兴奋里。

自由之路

关上房门，额眉紧蹙，

　　　杏眼透出一股怨气，

撕剥我种姓的情人

　　　前来打破文明的戒律。

她不是尘世的乞丐，

　　　在恪守礼教的人家——

我也许可让她在一条

　　　脏黑的线毯上坐下。

门第高贵的财主细心

　　　挑选高价的女人，

她穿一身灰布衣服，

　　　躲避他们狡黠的眼睛。

他们迷恋浓妆艳服，

　　　不由自主忽略容颜——

偷窃我魂魄的人儿

　　　悄悄来到我的身边。

好似离家上路的村姑，

　　　有时突然与我相遇，

陶罐里盛满从荷花丛的

　　　蜂巢里采集的花蜜。

爱是质朴感情的游戏，

　　你来听我吐露心声——

我决不会鄙视陶罐，

　　只要它质量上乘。

脚腕上不系铜铃，

　　你不跳舞也无妨，

青春热血里生就的举止

　　一样令人心驰神荡。

全身不戴一件首饰，

　　脸颊浮现一丝羞惭，

其实，泥地上行走，

　　你才不怕弄脏衣衫。

你四周簇拥着牧童，

　　村里的狗转悠欢跳，

你像耍蛇卖艺的女郎，

　　骑着矮种马奔跑。

湿透的纱丽覆盖膝盖，

　　你泅水游到对岸，

我忘记婆罗门村的路，

　　每回前去与你见面。

每逢集日你采摘蔬菜，

　　挎着竹篮匆匆赶路，

看见谁家的毛驴，

　　喂一把青嫩的豌豆。

下雨天你不听劝告，

　　　朝远处的村庄走去，

头顶一片芋头叶子，

　　　两只脚沾满烂泥。

不管在村里的什么地方，

　　　见了你我乐而忘返，

你说可有人知道我们

　　　没有筹划幽会的麻烦！

村里的人冷眼相看，

　　　免了我们防备的责任，

来吧，沿着自由之路，

　　　撕剥我种姓的情人！

　　　　　　　　斯里尼克坦

　　　　　1936 年 11 月 6 日

犹豫

你留下话，你来了，
　　　　但没有进门，
门前路上丢下遁逃的足音。
　　你的冷漠是
　讥笑我一贫如洗？
抑或是假装的轻慢，我不知道——
　碧草上，你灵巧的脚
　　果真写上了"绝情"？
雾蒙蒙的青林里，
　叶片上滴落晶莹的露珠。

你走进远处的林阴，
　走进鸟啼的幻境，
一路上身后与你嬉戏的
　　是从不分离的光影。

　　　　　　　　　1940 年 1 月

不期相遇

记得有一天我独自站在沙洲，
　　从上游遥远的渡口，
　　　　你疾驰的帆船
不合时宜地泊在我面前。
　　犹豫布满你沉默的面孔，
　　　　　一丝笑容
　　　羞涩而惊异地颤抖，
　　　　像风中衣袖
　　　　　　遮掩的灯光，
你全身透散深沉、愉快的忧伤。

　　　　　不堪的奇遇
　　　　使我愣怔无语，
该倾吐的衷肠不知如何倾吐。
　　　　口中的话与心儿搏斗，
一败涂地。你似有重重顾虑，
　　你或许是怕心儿日后责怪
　　　你撕碎束缚如此急不可耐，
　　　　如此胆大包天。
　　　你只说了声再见，

匆匆离去，
对我的恳求充耳不闻。
我唱了一天歌曲，
余音袅袅不息，
像流过千岩万壑的清泉的叮咚，
从远处充填填不平的孤清。

阿勒穆拉
1937 年 5 月 27 日

远方的女人

那天你在远离我的地方，
　　也坐在离我最近的心座上。
　　　无从窥见你的游戏
　　　　在心河上游弋。
　　　我在你的近处猛地停下脚步，
"远方"的情笛便在你惊慌的眼里吹奏。
你的倩影在心林里逡巡，
　　你的风姿超群绝伦。
　　　那天你走到我的身边，
　　　　惊煞我的企盼。
　　收下一朵花的馈赠，
你命春风永远吹拂我的生命。
　　末了，当你幽会的车辇
　　　找到的路宽阔、平坦，
　　　　你的心愿是
不再遇到认识新事物的困难，
　　求索结束，
　　　不必再苦修。
你的风帆不会再受到南风的突然袭击，
　　求索之绳已经松弛，

早春之夜芒果花飘荡的芳思

　不再附丽于你的忧郁。

没有愁闷，没有悲切，没有期盼，

驯顺的日子流逝，首尾相连。

　　　情爱疲倦，

　　丧失了语言范畴里的语言。

于是屋隅里的酒杯我每日举起，

　没有一只杯里涌溢清泉的活水。

　　　　　　　　　1937 年

歌

我一直未能与梦中

　徘徊的女人心心相印，

　　　我在流逝的时光里四处寻觅。

吉祥的时刻喊你到身边，

掩饰我的羞惭，

　　　我便理解了你。

谁把我叫到身旁？

　谁冷冰冰叫我回去？

在谁的爱情的痛苦中

　蕴含我的价值？

我不能与这些疑问

　　　无休止地作战——

我只认定你是个真实。

　　　　　　　圣蒂尼克坦

　　　　　1938 年 12 月 8 日

年轻时

年轻时爱情

驾着呼啸的飞瀑，

从不知名的山冈，

突然把奇迹抱来。

以奔放的讥笑

违抗蹙眉的危崖的僵死的旨意，

搅得和风失却耐心。

在熟知之河，

卷扬陌生的不可思议的神秘语言。

在常人期望的适度的平稳中，

释放奔腾的叛逆的潮水。

那爱情如今一声不响，

隐居于沉寂了的温柔的慰藉，

与四周世界的博大的安谧

怡然相聚。

在苦修的午夜星光中有它的清辉，

在为祭拜森林而供奉的花卉里有它的甜美。

乌达扬

1941 年 1 月 30 日

喜结良缘的五周年

喜结良缘的五周年之际，
芳心充盈神奇的奥秘
和成熟的情爱的玉液，
青春的频繁的摩挲
使茎梗、枝叶、
簇簇花蕾、累累硕果
闪烁金光。
沁人心脾的幽香
引嘉宾步入华堂。
文静的玉容
迷醉行人的眼睛。
五年春天盛开的玛达毗花
往伉俪的金爵里斟倒甘露。
储存的花蜜诱引
嗡嗡歌鸣的蜜蜂。
收到和未收到
无声、欢乐的邀请的客人
欢聚一堂。
成亲的第一年，
一望无际的恒河平原，

竹笛吹出欢快的萨哈那乐调，

处处腾涌笑颜的波涛——

今日，黎明的面孔

露出恬静、好奇的微笑，

大熊星座的冥想

召唤竹笛吹奏深沉的迦纳罗乐曲。

五年幸福的鲜花已经怒放，

为人间带来圆满的天堂。

当年演奏春曲，

如今乐音和节奏已臻于圆熟。

漫步花林，

但闻春曲在花瓣上袅绕。

圣蒂尼克坦

1941 年 4 月 25 日

不凭仪表迷醉你

我不凭仪表迷醉你，

　　迷醉你以爱的执著。

我不伸手推你的房门，

　　开你的房门以一首恋歌。

我不为你购置珠钏玉佩，

　　不为你编织鲜艳的花环，

我用真诚制作的项链，

　　挂在你丰满的胸前。

无人知晓我如清风吹过，

　　使你感情的浪花翩翩起舞。

无人知晓我似圆月的引力，

　　使你的心潮涨落起伏。

假如容我扑进你的胸怀

假如给我的爱以回报——
仅仅抬头看一眼，
热泪就扑簌簌滚落——
亲爱的，我就朝你奔去，不顾疲倦。
假如容我扑进你的胸怀——
那么一辈子
我这颗心不会知道
失恋的剧痛是什么滋味。
假如一句温软的情话
能熄灭渴望的烈火，
那么快对命蹇的我说吧——
否则心儿必将裂破。

别拧着脸，女皇

别拧着脸，女皇！
为何蹙眉，秋波撩人的姑娘？
笑容像水泡飘逝，
什么烦恼使你樱唇难以微张？
容我浸入
你那轻柔抚爱的瑶池。
在我胸中
注满稠浓的惬意。
啊，亲爱的，你看
夜色温馨，明月如镜。
我焦灼的心
似渴望啜蜜的蜜蜂——
可是，娇嗔的情人，
你回绝，那么心狠！

带走我的心

你在我瞳仁里投下倩影，
踽踽归去的时候，
可曾隐约地听见
我心弦奏出的忧愁？
我诉说着掐不断的思念，
如新叶对朝霞低语。
哦，带走我的心吧，
像阳光吸收花露。

你不知道

你不知道
你的柔情斟满了我的生命之杯，
你不知道
它的价值。
它像一朵晚香玉把幽香
散布于静夜的梦乡。
你不知道
你唱的歌全存在我的心窝。
不知不觉
又是分别的时刻，
抬起吧，抬起你喜悦的脸，
在你的足前，
我奉献一颗充满甜美的离情别绪的心。
你不知道
我悲苦的凄凉的夜色已经褪尽。

如果真是分离的时候

如果真是分离的时候，
请赐予我最后一吻。
往后我在梦中吟唱着
追寻你远方的踪影。
情人啊，你可要常来光顾
　　我的窗口，
　　　　冷清的窗口。

林边的豆蔻的青枝
在沉郁的香气里窃窃私语。
树梢上的鸟儿啊，
你可曾带回回忆——
在昔年斯拉万月湿润的绿阴里，
　　我们相会，
　　　　肝肠寸断的相会。

不怕离愁

不，不，我不怕离愁。
我用忠贞的甘露把它注满。
用泪水将其濯洗干净，
我要把它织入思恋的花环，
　　　　　挂在胸前。

你从我眼里步入我心房，
你的心声融化在我歌里，
关山阻隔的寂寞的日子，
我在遐想之光下与你相见。
这是爱情的专一，
　　　　　不可撼移。

弹不出心声

昨夜成功地构思了情歌的时刻，
你偏偏不在身侧。
我本想告诉你
无声的泪水泡着我的生活。
一个昏暗的瞬间，
这句话烧毁于乐曲之火。
我思量着今日清晨
务必倾吐真挚的爱恋。
袭人的芳菲迎面扑来，
空中充满晨鸟的鸣啭。
拼命弹拨，弹不出心声，
当你坐在我的身边。

心灵的荷塘

让别离之杯
斟满爱恋的佳酿，
重逢之日
送到我的手上。
让悲伤的眼泪一滴、一串
滋润焦干的心田，
让永久的相爱悄悄结果，
散布醉人的浓香。

你独自走在
你选择的道上，
四周一片昏暗，
照路的是怀念之光。
专司爱情的女神
将久盼的甘霖
不为人知地
倾洒在你我心灵的荷塘。

因为爱你

因为爱你，
诽谤、指责我默默地忍受，
不理会污黑的脏水
泼了我一身。
我已锄去路上的蒺藜，
在你的土榻上
铺上我穿的纱丽。
为了报答你的深爱，
我不死抱着传统礼教，
我不死守着贞烈的宝座，
宁愿走在泥泞的路上
胸口溅沾浊水的泡沫。

情感升华

忧伤地分离的时候，
你弄脏你的脸，
我看得清清楚楚，
这是你高超的表演。
车辇上你刻了个暗号——
我深信与你
幽会仅一天的人儿，
今生今世你都不会忘掉。

不时显露难别的神色，
弄得我忐忑不安。
你加以掩饰的忠贞
裹了一层过厚的伤感。
我深信一朝
你泪湿的情感升华，
那颗爱的种子
便在新生命中萌芽。

胆小的爱恋

大获全胜，为何除不尽疑虑？
哦，胆小的爱恋，
浴着希望之光照样不踏实，
漾出笑容，泪滴犹挂在腮边。

重逢的甘霖半空飘落，
分离的火焰已经熄灭。
为何莫名的悲苦使心儿焦灼，
隐痛之火照样炽烈？

短暂的幻觉破裂无存，
总砍不完娇嗔的残根。
该寻觅的已经到手，
该挑明的已经明白，
但猜忌的树冠下面，
真心话仍吐不出胸怀。

朴实被盗

不记得你那天赴会是否打扮，
今日为何盛装浓艳？
相爱中若有些许痴情，
你我便消融于明暗之中，
我的心奔入你的绵绵细语。
你何需这般珠光宝气？

眼眸沉浸在真挚的蜜汁里，
首饰岂能增添俏丽？
那样的话近在我身如在天涯——
恋人不该加戴表面的重枷，
自己盗走朴实的珍奇。
今日，你何需这般珠光宝气？

爱恋的心杯

举起吧，举起我斟满爱恋的心杯！
畅饮吧，爱恋已溢出我破裂的心！
　　　　胸膛里载着这心杯，
通宵啊，我徘徊个不停。
　　　　天已破晓，
收下吧，收下这心杯，我的情人！

欲望闪射着熠熠光辉，
举起我的心杯！紧贴你的樱唇！
这佳酿融合着你的娇喘，
融合着霞光初映的花粉，
来吧，把你迷人的眼神也融进来！

悲喜

谁的目光之风使你的心儿摇曳？
　　你便整日烦躁不安。
沉甸甸的泪珠压瘪你的笑靥，
　　朱唇罩着哀伤的帷幔。
忧思裹着一层层沉默。

谁的点金石触碰了你的心？
　　你的心空出现金色的云片。
在岁月的川流上起伏着
　　金灿灿时辰的波澜。
你的秋波在光影中隐现。

　　　　　　德国　汉堡
　　　　　1926 年 9 月 9 日

梦中相见

什么幻术诱你我梦中相见？

　　此刻已是觉醒的时候——

启程前吐露你最后的赠言，

　　回首远去，留下件信物，

使我的苦痛变得甘甜。

　　分离时泪眼凝睇我片刻，

你的情分永存我心间。

一眼不眨的启明星

　　升起在愁脸般的晨空。

琵琶的弦索上挂着

　　残夜最后的一串泪珠。

晓梦里积聚丢失的珠玑，

　　啊，情人，请抽去道别的门闩。

1929 年

附　录

本诗集新加标题与原诗集序号对照：

《我只等候着爱》、《你为什么让我独在门外等候》、《把我的爱献上给你》、《我的情人》、《假如我今生无缘遇到你》为《吉檀迦利》17、18、34、41、79；《维系我空落的心》、《爱情的项链》、《你我结为夫妻》、《献出心灵》为《怀念集》1、2、15、26；《我不会如此愚笨》、《我钟情的人儿》、《我心池的红莲》为《献祭集》5、34、39；《你我将结为伉俪》、《泛舟荡入我心间》为《歌之花环集》52、70；《我的心灵之神》、《心儿不予理会》、《走进我的心》、《一片真情》为《妙曲集》8、12、15、17；《年轻时》为《康复集》13；《喜结良缘的五周年》为《最后的作品集》8；《我爱得忘乎所以》为《暮歌集》的《宠爱》节选；《一对相爱的情侣》为《画与歌集》的《深夜意念》节选；《用番红花汁写的情书》为《瞬息集》的《古代》第5、6节。

编后记

　　罗宾德拉纳特·泰戈尔（1861—1941）是印度著名诗人、作家。中国读者接触泰戈尔，大概是从1915年陈独秀在《新青年》上发表的从英文转译的泰戈尔4首短诗开始的。此后，中国一批年轻作家，诸如徐志摩、王统照、郑振铎、冰心等人，便开始从英文大量翻译泰戈尔的诗歌、小说等作品。特别是在1924年前后，在中国掀起了翻译和介绍泰戈尔作品的一个小高潮，泰戈尔在这一年的四五月间访问了中国。1961年，为纪念泰戈尔诞辰100周年，人民文学出版社出版了10卷本的《泰戈尔作品集》。《人民画报》1961年第6期专门开辟了"纪念印度诗人泰戈尔诞辰100周年"的专栏，刊登了徐悲鸿1940年为泰戈尔所画的肖像、泰戈尔在纨扇上为梅兰芳题写的赠诗以及中国出版的泰戈尔作品的照片等。除了石真女士翻译的作品外，其他绝大部分作品是从英文(少部分是从俄文）转译的。因此，一些读者误认为泰戈尔是用英文写作的诗人，并不知道泰戈尔是用孟加拉文写作的。一般读者比较熟悉冰心、郑振铎等人从英文翻译的《吉檀迦利》、《园丁集》、《新月集》、《飞鸟集》、《采果集》等作品，并不了解泰戈尔一生创作了50多部诗集，上述几部诗集只是泰戈尔诗歌创作的一小部分。

2001 年，河北教育出版社出版了《泰戈尔全集》，共 24 卷。1 ～ 8 卷为泰戈尔的诗歌（其中除冰心翻译的《吉檀迦利》外，全部从孟加拉文直接翻译）。对于文学研究者来说，通读泰戈尔的全部诗作是必要的，但是对一般读者来说就比较困难，因为他们没有那么多的时间和精力。我的挚友——中国印度比较文学研究领域的著名学者、深圳大学郁龙余教授，用一个寒假的时间，仔细通读了泰戈尔的全部诗作。他读后很有感触，于是建议我选编一套"泰戈尔诗歌精选"丛书，以满足广大读者，特别是青年读者的需要。我接受了这个建议，着手选编这套丛书。在选编过程中，郁龙余教授给予了我多方面的帮助和指导，实际上郁老师是这套丛书的真正策划者。没有他的策划和指导，就不会有这套丛书的问世。需要说明的是，绝大部分诗歌选自原有的译文，但也有少部分是编者新译。

　　本套丛书所选诗歌大部分都有标题，也有一小部分没有标题，只有序号。为了体例的统一和阅读的方便，凡是没有标题的诗歌，编者都加了标题。加标题的方法有以下三种：

　　第一种：从诗中选取一行，作为该诗的标题；第二种：从诗中选取一个词语或短语作为标题；第三种：根据一首诗的含义而添加标题。

　　丛书中新加标题的诗与原诗的对应关系，详见各集附录。

　　"泰戈尔诗歌精选"丛书的译诗分别出自五位译者。他们是冰心(《吉檀迦利》、《园丁集》),郑振铎(《飞鸟集》),黄志坤(《故事诗集》、《暮歌集》、《晨歌集》、《小径集》、《献祭集》、《渡口集》、《歌之花环集》、《瞬息集》、《祭品集》、《献歌集》),董友忱 (《画与歌集》、《刚与柔集》、《心声集》、《收获集》、《穆胡亚集》及诗剧《大自然的报复》、《秋天的节日》等),其余为白开元译。

　　希望这套丛书能帮助广大读者 (特别是年轻的读者)真正了解泰戈尔,并从他的诗歌中汲取精神营养,理解人生真谛。

　　我衷心感谢外语教学与研究出版社汉语分社的同事们! 没有他们的支持和帮助,这套丛书是无法问世的。我还要感谢季羡林师长为本套丛书题写了丛书名。

　　由于编者水平所限,疏漏和错误在所难免。敬请专家和读者批评指正。

董友忱